"开机"
生活
世界很黑，
很静，
很冷。
不过没关系，
反正阴天之后还有
白天嘛。
—"低到尘埃里
开出花来"
Jolin……
2021.

给世上摇摇欲坠的你

黄青蕉 著

江苏凤凰文艺出版社
JIANGSU PHOENIX LITERATURE AND
ART PUBLISHING

图书在版编目（CIP）数据

给世上摇摇欲坠的你 / 黄青蕉著. -- 南京 : 江苏凤凰文艺出版社，2021.5
ISBN 978-7-5594-5868-1

Ⅰ. ①给… Ⅱ. ①黄… Ⅲ. ①散文集－中国－当代
Ⅳ. ①I267

中国版本图书馆CIP数据核字(2021)第082059号

给世上摇摇欲坠的你

黄青蕉 著

责任编辑	刘洲原
装帧设计	啵　啵
特约编辑	芋　泥
责任印制	刘　巍
出版发行	江苏凤凰文艺出版社
	南京市中央路 165 号，邮编：210009
网　　址	http://www.jswenyi.com
印　　刷	杭州日报报业集团盛元印务有限公司
开　　本	145 毫米 × 210 毫米 1/32
印　　张	6.75
字　　数	100 千字
版　　次	2021 年 5 月第 1 版
印　　次	2021 年 5 月第 1 次印刷
书　　号	ISBN 978-7-5594-5868-1
定　　价	45.00 元

目录
Contents

第一幕　生似蜉蝣
ACT I

第二幕　人间痛痒
ACT II

第三幕　致青春

ACT III

第四幕　似水年华

ACT IV

第五幕　步履不停

ACT V

序

Prologue

这是一本献给平凡人人生的散文集。

每一个世间的你我，都要走过差不多的生活。

没有谁告诉过我这趟旅程很难、很漫长，时常有令人迷茫的岔路，不断与同行的人们永别或错过，有些快乐被人夸大其词，有些痛苦却从来没有人提起过。我路过亲人的离世、成长的幽微、工作的围城、衰老的恐惧，在无数举步维艰、摇摇欲坠的时刻里，只有提起笔写下这些不足为外人道的、平凡却真实的经历与体验，才不会被巨大的虚无感吞没。

我的喜怒哀乐如此细小平淡，就像每一个你一样，但即使是这样，我也以百分百的真诚记录它们，就像留下脚印，擦亮火柴，当你也摇摇欲坠地走到这一程，至少知道自己不是孤孤单单地来过，我的故事当不了路标，但也许可以变成温暖你的小小的火。

ACT I

第一幕

生似蜉蝣

『

深圳盛夏的太阳晒得路面一片白色，我望望左边，再望望右边，在高温扭曲的近地面空气里我看不到尽头，不管是关于马路，还是关于我自己。

』

ACT I

被嫌弃的地才的一生

bei xian qi de di cai de yi sheng

{ }

近几年来整个社会都在“丧”，我却看了一部特别“燃”的电影:《爆裂鼓手》。一个十九岁的年轻人既没有天赋也没有童子功，就执拗地、一门心思地想要打爵士鼓，而他偏偏碰到了一个魔鬼导师。这位导师一边将他揽入麾下，一边却以近乎变态的高压逼迫着他，让他在生不如死的极限边缘奔跑、角逐，豁出命去夺取唯一一个机会……

说这是恐怖片也不为过。因为观影的每一分钟，我的大脑都在飞速地调集着自己几乎一模一样的回忆：凭着兴趣入行的新人、魔鬼特训官，层层重压下的精神崩溃，羞辱的眼泪，恶毒的诅咒……观影至一半，看到男主为了拿到鼓棒准时参赛，出了车祸还要爬出来继续往前赶的画面时，我手心脚心全在冒汗，恨不得马上操起电话按快捷键1拨号给那个人，什么都不说，就只气贯长虹地狠狠骂上一句。

我想起了有一年自己在外地的小宾馆里挺尸，发高烧到三十九度，喉咙肿得话都说不出来，还被逼着三点睡六点起，提着熬夜写完、滚烫发热的新闻稿奔赴发布会现场的日子；想起了出差到自己家门口没时间回去，只能由我妈提着炒好的家乡菜送过来，匆匆忙忙扒两口就继续工作的日子；想起了一脚踩空从楼梯上滚下去，由同事扶着到公司，肿着脚踝开完一整个编剧会才去医院拍片子的日子。

傻吗？傻的。有必要吗？对别人来说也许没有，但对两手空空退路全无的我来说，有的。

人人都爱天才。天才是什么？是举重若轻，是灵光乍现，是下笔如有神。如果人生下来脚边就画了一条起跑线，天才则是爹妈直接把他生在了终点。

但是天才究竟是什么样，我没见过，相信大多数人也都没见过。我们只见过在各个领域各自成功的人，而天才未必成功，成功的人也未必就是天才。

那些成功的人，大多数是地才。地才是什么？是蚍蜉撼树的微小妄想，是大众笑料的预备军团，是不成功便成仁的孤单行军。就像它的创造者蔡依林一样[1]，资质一般，相貌平平，从歌坛万千的甜美少女里杀出一条血路。没有老天爷赏饭吃的歌喉舞姿，那就苦练杂技掰大腿，哪怕下场是被“暂停截图党”截出无数黑历史，被广大“本质歌迷”嘲笑十几年都不停息。

---

1. 蔡依林（Jolin Tsai）的现场专辑《地才》记录了“唯舞独尊”世界巡回演唱会的筹备工作、练习、彩排和演出的精华片段，以及蔡依林自己的心声。影片开头，依次播放着蔡依林练习时的几张照片，画面上打出字幕“这不是一场演唱会DVD，这是Jolin用尽全力演出的一个关于地才的故事”，搭配着蔡依林在演唱会现场的自白：“他们说Jolin不是天才，Jolin是地才。我一直很相信，努力一定会成功。”（编者注）

而这还不是最苦的，最苦的是像电影里的鼓手和电影外的我这样，得了天才病，却只有地才命。比如我当年，性格内向，笨嘴拙舌，长得又胖，念书的时候万年讨不到老师喜欢，永远坐最后排，永远是被忽视的对象。唯一拿得出手的是语文成绩，尤其是作文，小学初中高中大学，议论抒情散文诗歌，十来个语文老师来了又走，我没有一篇作文被扣超过两分的。在台上朗诵作文，名字被贴在板报公示表彰，在作文中比赛拿奖，我以为写作是老天爷赏给我的唯一才华。

但后来我遇上了和电影里那位老师同款的一个上司，在她手下写了一个礼拜，她把我叫去单独谈话："小黄啊，虽然你在各方面的能力都非常一般，但是呢，短板决定高度，说不定像你这样差得很平均的人，最后反而能走得最远呢？"

耳光就是这么响亮。

以一个过来人的身份，我可以拍着胸脯保证，电影里那对师徒相处的每一分每一秒、每一个呼吸每一帧画面都是如假包换的现实，一滴水都不掺。人无完人，师傅的"凶残"里包含了多少玉不琢不成器的恨铁不成钢，又捎带了多少个人生活不如意的私愤，没法衡量。泥沙俱下，你只有两个选项，滚，或者迎着耳光站稳。没空吃饭，没空睡觉，上厕所要小跑着去，手机二十四小时待命，我曾为了听训洗澡洗到一半顶着满头泡泡接电话，接了整整一个半小时，挂机之后头发都硬了，梆梆的。关于这个过程我也曾零零碎碎地写过一些东西，但更多的事情没法写，没办法下笔，连我自己都不相信自己是从那样的境遇里挣扎过来的。我见过凌晨两点、三点、四点、五点的北京城，在那里，在那些终于改完稿子能够回家的出租车上，我不敢打电话给我妈，只敢对着没接通的手机号嚎大哭。

什么梦想，什么拼搏，什么月入百万人生巅峰，那个时候，最希望的不过是好好睡一觉，然后在睡觉的途中死掉。这样第二天就不用继续站回到她的办公桌前，被她拍着桌子把稿纸摔到脸上了。

可是就是这样，宁愿去死，也没想过主动辞职。那时候就想拼着一口气，听她说一句：这次写得挺好，不用改。

很多人讨厌电影里的这种教育方法，觉得偏激、残忍、神经质。作为一个过来人，我也同样觉得偏激、残忍、神经质。但是啊，有时候我回过头想想，自己撑死是个地才，懒惰、拖延、举棋不定、自命不凡的毛病一个都不少，若不是交给了这种人开“地狱模式”整治一番，也许今天只会顺流而下，平庸得更加彻底吧。

当然也并不是说现在就不平庸。就像这部电影的结尾一样，哪怕你已经超越了对手，又超越了自己，超越了更高的自己，甚至超越了心中的神，高潮也不过最后一刻嘴角上扬的一瞬。今后的路，仍旧像黑屏之后的银幕一样黑。

我折腾了三年又三年，脊椎侧弯，颈椎曲度变直，严重慢性疲劳，其实说起来什么都没干，就是敲键盘写文章而已。这么多的时间过去，我不过是从一个小白，变成一个三流的撰稿人，又变成一个三流的小说写手，然后变成了一个三流的编剧而已。

我以为自己已经越过了极限，但站到那里之后，我发现自己只不过才拿到了入场资格证，比赛，才刚刚开始。

更可悲的是，在我心中无比重要、无比圣洁、值得为之付出一生血汗的事情，对别人来说，只不过是一件不知其所以然也不想知其所以然的小事罢了。就像电影里的鼓手在饭桌上无论怎么强调自己的鼓打得厉害，人们也宁愿去赞美自己看得懂的三流橄榄球运动员。就像我跟我妈说我终于写出一本书了，写出一个剧本了，我妈也不过笑嘻嘻地拍拍我："呀，终于可以靠吹牛皮吃饭了嘛。"

这个世界从不善待努力的人，努力了也不一定会成功，但是知道自己在努力，就是在这个庸庸碌碌的世界里活下去的动力。被嫌弃的地才，可能也就是这样想着过完了自己的一生吧。

ACT I

不体面的工作狂

bu ti mian de gong zuo kuang

{ }

我做的第一份工是在大四的时候，一个人跑去深圳，拿着一千二的实习工资租鸡屁股大的合租房，下床就是墙壁，转身就是房门，盛惠一千，水电另算。穷倒是不怕，毕竟穷惯了，但儿时的穷是一种稳定的穷，横竖有大人兜底，你只需要受着就行了，踏入社会的穷却是看不到下限的——一睁开眼，通勤上网电话盒饭样样都要钱，肥皂牙膏洗头水沐浴乳少一个也不成。

那时候我是一名电视节目的前期策划，负责写文案对口播稿，后来因为人手不够，又开始兼任现场导演、PA（制片助理）、场记、打杂小工，还要负责准备盒饭及茶水。

每个礼拜准备拍节目的那天是最难熬的，我六点就要起床，跋山涉水地赶去公司，七点叫车，通知演员、主持人、化妆师和各位师傅，八点带着大部队确认场地，然后清点机器、灯光、麦克风，八点半对稿顺流程，同时准备两箱水，九点开拍，十二点休息吃饭。预算有限，点餐得精打细算，鸭腿饭能点半只就不点一只，但要记住每一位摄影师灯光师主持人的口味否则会被骂得很惨。两点工作再次开始，安抚演员情绪，调动主持人积极性，晚上六点前一定要收工赶回台里，这样还可以省掉一顿晚餐钱。

奈何赚之尽锱铢，用之如泥沙，即使我这样卖命，也依然逃不过月底荷包空空的结果，只能买一袋三块五的白吐司配上鸡蛋吃一个礼拜。而这样费尽力气，我做的也不过是一个很烂的节目，谈不上收视率，甚至都没有存在很久。最后一次收工前我蹲在路边想了好久，是不是以后就一直是这样了？深圳盛夏的太阳晒得路面一片白色，我望望左边，再望望右边，在高温扭曲的近地面空气里我看不到尽头，不管是关于马路，还是关于我自己。

那是一段很不开心的日子。

后来我来了北京，这里的影视行业发达，机会到处都有，看在穷鬼我的眼里简直像1848年开出金矿的加利福尼亚，只要舍得卖力气，万丈高楼平地起。工作并不难找，上岗也非常顺利，负责招聘的总监问："这一行工作非常辛苦，你能不能接受啊？"

我用实际行动证明了我能。

从入职那天起，我就几乎没有周末了。电视里在演什么我不知道，微博里在爆什么我不清楚，我也不了解家门口新开了哪些店面，搬走了哪些猫咪，因为每一天，每一天回家都在凌晨两点之后，全世界早就已经陷入了休息。

我没空逛街，后来连逛淘宝的空当也渐渐地不再有。刚找到工作那会儿还有点CBD（中央商务区）小白领的美丽幻想，给自己预订了两个价廉物美、格调甚高的包包，送来之后一拆袋子，一个因为下单时我没空量尺寸悲剧地小了，连A4的文件都塞不进去，更遑论砖头似的笔记本电脑；另一个因为当时我太困被丢到了一边，就在那个旮旯里静静地落灰，一直以来连细看也不太有时间。每天来来去去我挎着的还是那个半旧的帆布袋，丑是丑了点，至少能装，且轻，就贪图着它这点好处，一直一直丑丑地背了下去。

我来不及玩乐，来不及交际，来不及去参加曾经最好的朋友的婚礼。一连两场，早半年就定了要去当伴娘，当初是我一路陪着伴着出各种馊主意把这对鸳鸯绑到一起，如今大功告成，我却只能待在遥远的北方，忙到半夜才有空打个电话过去说恭喜，道歉和祝福都很惨淡。我停掉了所有追看的美剧英剧，我不知道自己卡里有多少钱。我在乱穿衣服，乱吃饭，因为没有时间去关心这些问题。我的头发染过之后长出了黑色，精心打理的刘海现在已经没了形状，被卡子胡乱卡成一团。

是的，我在工作。每一天，除了床上的短暂休息时间，我都在工作。从跳入社会的那一刻起，到现在，我从来没有如此地工作狂过，脚不沾地像个陀螺一样咻咻地转，连上厕所都是跑步来去。穷形尽相的样子可能连我自己在旁边看着也觉得可恶，就像张爱玲写的振宝，从一无所有中奋斗过来，为了自己的未来，汗流浃背地朝着工作献媚。过了一段时间，钱总算是有一点了，成就感却依然匮乏，因为我做的依然不是什么拿得出手的项目，搁文艺青年眼睛里它甚至是低俗恶俗媚俗的，我自己都不想承认自己去过首映礼。其实我也很羡慕一些朋友，什么也不做，逛逛书店就是一天，组织姐妹聚会，一起到家里做一顿晚餐。我这样放弃触手可及的安逸与快乐，一门心思埋头制造垃圾产品，真的值得吗？同时，身边的人跟我说得最多的一句是：“你这样玩命，身体早晚垮掉。”

可是啊，我再也不想要回到数着钱包里的硬币过日子的时候，再也不想走进商场只能自动走去折价区。最最不想的是，来到这个世界走了几十年，什么痕迹也没有留下，谁也不认识，然后就像潘家园早市里熙熙攘攘的老头老太太一样，慢慢地走去买一棵白菜，又慢慢地走回家，就这样消耗完所有时间。我热爱生活，但那时候只能努力生存。

很多年后我打开港片《色情男女》，看到张国荣、舒淇、徐锦江在街头拍摄限制级的一幕，才又回想起自己早年打工的这一段。我也曾在闹市区参与拍摄一些低俗得要死的情节，也曾经给一部又一部的烂片写通稿放彩虹屁开新闻发布会。“哟，是搞影视的啊？”长辈的朋友们问起我的职业总带着点高看的好奇，而我只有把鸭舌帽压得再低一点，含含糊糊地红着脸应付过去。其实现在想起来，又有什么好羞愧的呢？哪怕是再糟糕的过去，也是一笔宝贵的财富；哪怕是再烂的一份工，我至少也有认真做好，而不是惦记着赶快做完。我拿仅有的身体、青春、时间去交换一次野心的实现，虽然很有可能输得一败涂地，有可能不甚体面，但如果我在安逸里躺平了庸常一世，那就算活到两百岁又怎样？

犹记得电影的末尾，张国荣展示了一整个美好的背部和屁股，笑容满面地投入了片场。他脱掉了衣服，就像脱掉了长久以来背负在身上的关于世俗定义“成功”的舆论重担。也许我一辈子也不会去拍一部电影，但我希望在做任何一件事任何一份工的时候，也能像他那样自信又骄傲地喊出一句：“开机。”

寄居蟹

ji ju xie

{ }

刨去故乡的家之外，这些年来我居住过的房子超过二十间。广东话把横冲直撞的小孩叫“水蟹仔”，还没毕业就急吼吼冲去深圳的我感觉自己也是一只蟹，寄居蟹。

十二年，二十间，这意味着每年平均下来都有一次以上的搬家，像科幻电影里母星爆炸驾驶飞船逃离的外星人，在一个接一个的迷你星系之间快速跃迁。要说有多热爱“乔迁新居”倒也没有，或者说就算前几次尚有它的乐趣在，之后的体验也一蟹不如一蟹。随着年龄增大精力减退，身外之物又如核爆般膨胀，搬家的痛苦也跟着日益增多，如果说以前只是换个壳，那现在几乎是蜕层皮。

至于为什么这么难受还要继续搬家，恶俗一点来说就是四个字：生活所迫。

我住的时间最短的房子是深圳福田区的板楼。

搬的地方多了，总能积累出点并无多少现实意义的冷知识。比如深圳楼盘极少有小户型，上手就是三居起，四五六居的也不少见，而且同样的一百多平总面积，客厅一定要占走一大半。不知道是为了大家族的天伦之乐还是经商世家必备的体面，总之在那大而不当的客厅空间外，剩给每间屋的不过一点边边角角，床和衣柜间连转个身都困难。

我当时住的是四室一厅里大概应该被规划为书房或儿童房的一间，小就算了，整间屋子之破败，好像装修到这里的时候突然弹尽粮绝，连粉刷都比其他公共区域更斑驳一些。踏出校门进入社会的年轻人大多还在离家千里重获自由的兴头上，看什么都自带一层快乐滤镜，“再怎么破至少小区还算体面，总比在家的时候睡阳台宽敞点”，我自顾自地理解万岁，完全忽视了这套房子里还住着房东新婚夫妇一家，连带他们的公公婆婆老丈人丈母娘。现在的我当然理解了房东兼男主人之外的所有人对我的排挤——他们想象中的大城市幸福生活应当包括一套体面的房产，却不包括因为承担不起高昂的房贷而不得不在家里插进来的一个分租的陌生人。

我在那间只有床垫的房间里住了一个月，之后再强大的滤镜也没办法支撑我在不间断的白眼中多住哪怕一天。接班的房子是在网上找的，简单粗暴，按价格从低到高，看了一圈之后终于出来个合适的，盛惠九百，床垫依然在地上，不过这次正儿八经是合租了，二房东与室友一个是潮汕已婚大叔，一个是服装厂打版的男设计师。“你一个小姑娘也真敢住啊？”后来有无数人问过这个问题，但我想说，当前面还排着一万个生计问题的时候，所谓“男女大防”真的可以后退到忽略不计的程度。

我在第二间房子里展开了真正意义上的成年独居生活：瓷砖地板擦得锃亮，超市大减价买的玻璃杯代替了临时喝水的塑料水瓶，而塑料水瓶里又插上了免费的绿萝，装饰了空荡荡的三合板书桌。没有衣柜或衣架，所有穿戴都折叠在来时拖着的二十四寸行李箱里，共计四条内裤、两件内衣、五件短袖、两条牛仔裤和一条关键时刻穿的稍微体面的连衣裙。这条连衣裙在发霉了被扔进垃圾堆之前我穿过五次，其中三次是公司年会，一次是朋友在高级餐厅的生日，还有一次是相亲，后来回头想想，这几次都不算什么关键的时刻，就像那条一百九十九块的连衣裙也并没有我想象中的那么体面一样。

低于市场价的房子都自有其缺陷。后来我在不停的迁徙中明白，同一小区中突然出现租赁价格洼地，大多数都是因为原租客突然退租，我不过是以些微优惠的价格顶替上他们合同中剩余的几个月，至于下一个一年，谁也不知道自己是否还在这里。潮汕大叔在租约期满后结束深圳的生意回了老家，服装设计师投奔他远在龙岗的女朋友，而我没有能力负担整租的压力，只好再次“漂流”向下一个房间。

这次我多了一个盟友，我的同事。我们靠着稀薄的上班族情谊决定一起找房，人多势众，也许能签订稍微正规一点的合同。这次我们找到了一个很好的房东，他离异独居，家里装修得新，收拾得也利索，最关键的是——我有床了！四条腿的、货真价实的床，将我从躺地板的流浪汉错觉中拯救出来，让我再次感到自己是个都市体面人。我在这张小床上安睡了三个月，直到一天半夜爬起来去客厅找水喝，冷不防脚底下绊到了一只手，定睛一看，偌大的客厅里居然躺满了人。我被彻底吓醒了，房东也醒了，他操着一口“川普”跟我们道歉：“地震了，我家里人怕出事，又没地方去，连夜跑过来的。”还能怎么着，搬呗，总不能跟灾民抢房子住。

接下来的房间或大或小，或远或近，但万变不离其宗，这些房子永远的共同点是金玉其外、败絮其中。那时候我习得了关于房子的另一个知识点：买得起房子的人不一定自己住，自己住的也不一定装得起修。这些常年在租房市场里打滚的房子跟毛坯房唯一的区别只是毛坯房没有碰一下就簌簌往下掉的墙皮。同事荷包比我丰腴，一咬牙一跺脚寻了个公寓签年付整租去了，再也不用受颠沛流离之苦，而我呢，我又在合租、退租、再找房、再合租的轮回里搬了四五次。我往空荡荡的窗户上挂过旧床单当窗帘，从公司薅过作废的A4打印纸回来贴墙纸，还像周星驰面对大海大喊“努力！奋斗！”那样在A4纸上面写“我和我最后的倔强，握紧双手绝对不放”。我与前前后后十来个陌生人发展成了最亲密的关系——分摊水电费，互相蹭网，帮忙递手纸，在一个锅里煮不同风味的菜和饭。这种奇怪的共生一直持续到我离开深圳来到北京。在这里，我的寄居生涯展开了一个全新的次元。

刚到北京的很长一段时间里，我都只敢跟我妈说和我一起住的是早就认识的朋友。早就认识没错，朋友也没错，少说的只有一点——我们是网友，还是在一个追星群里认识的那种网友。北京房子的特色在于你永远不知道下一套能涌现什么神奇的户型，毕竟地价金贵，什么犄角旮旯都得充分利用。北京的人也不像深圳那样——唯一的方向是上班，唯一的目标是挣钱，唯一的追求是体面，而是，工作不一定有，目标也不一定有，反正就古古怪怪地聚在一起凑合。

我在劲松落脚的三室一厅是网友们提前找好的，分给我的那间倒是方正，但离奇地拥有两扇房门和一条横穿整个屋子的过道。隔壁屋子的网友每天都必须经由这条过道进进出出，抬头不见低头见，打照面常常是在衣服脱到一半或者打着哈欠抠着牙缝的尴尬瞬间，不知道的还以为自己睡在了客厅。大概是远香近臭的缘故，网友真落了地反倒失却了隔着论坛和聊天软件的热络劲，一整天打工回来彼此无话，勉强说两句也是抱怨："碗洗一下，别堆在池子里。""洗完澡捡下头发，老堵。"我们从不讨论之前一起爱得死去活来的明星。

但即使是这样尴尬的关系，也比重头再来找陌生人合住靠谱，我们甚至还强撑着一起搬了次家，为了对抗水涨船高的房租从三环退到了四环。小区有个好听的名字——梧桐人家，但那栋十五年楼龄的高大建筑看上去像已经枯死的树干，从颜色到折旧程度都是。我与网友在这间屋子里产生了不可调和的矛盾：她想占住带阳台的主卧，我不肯平均分摊房租。就像一切败给现实的感情一样，我们的关系开始于浪漫的憧憬与共鸣，结束于现实的鸡毛蒜皮。

又经历过两套与东北女生胡细腿的合租后，我来到了现在对象的房子里。他租着对单身男人来说恰到好处的一室一厅，用他喜欢的颜色组成他常用的家具，每一样常用品都摆在他顺手的地方。我几乎是以削足适履的精神镶嵌进了为数不多的剩余空间——这里的缝隙够摆进一排图书，那里的角落能收纳两个箱子，书桌刚好够放下笔记本电脑，椅子多退一寸就会顶到柜子和床尾，剩余塞不下的衣服摆设物件家饰，卖的卖，扔的扔。

有时候我也在想，为了爱情有必要妥协到这个地步吗？但没有办法，我们毕竟在北京，哪怕已经退到了五环边角，两个人的立足之地也依然不够便宜。夏天很热，但只有客厅安了空调，我们在窄小的沙发上躺着，他得伸手搂着我才不至于滚到地上去。头顶后面是一整面落地窗，天气好的时候能看到大片大片的火烧云，我们仰头看着，长久地欣赏，除此之外什么也不想做，那话怎么说的来着？“房价是最好的避孕药。”

也不是没为自己的房子努力过，一人接三份工，周末节假日全年无休，但依旧不够，远远不够，四周动辄八万起跳的均价让人连多瞄一眼都觉得眼睛疼。有一天他小心翼翼地问我：“你喜欢看飞机吗？”那里是顺义，机场附近，距离市区三十公里，但这已经算很有诚意的求婚了。

我们在四十度的高温里从一个小区走到另一个小区，从在墙角开着一扇一尺来宽的小窗就敢号称“全南向的两限房”看到伸手能摸到吊顶的“低挑高楼梯房”，想象不出未来二十年为何要为了这么一个晦暗的小盒子出卖人生。离开的时候他牵着我过马路，热风迎面喷射，油混着汗沁了一头一脸。他说：“我们好像空气炸锅里的鸡翅膀哦。”我大笑，为了留存这点幽默感，不至于变成行尸走肉，我们最终放弃了砸锅卖铁买房，决定再租个远点的地方试试看，毕竟没有哪条法律规定租房就一定不能结婚。

十月来临之前我们在东坝的两室一厅里谈起了租约。中介说这是幸运的房子，因为是主人摇号中签买的，远低于市场价。“你们也沾沾喜气，说不定呢。”他说。我站在空荡荡的阳台，俯瞰脚下巨大的工地，裸露在外的黄泥层次分明，像大地被剖开了肚子，拉开一道狭长的伤痕。他们说这里现在看着腌臜，但很快会孕育出一个地铁站，一个新商圈，是一个未来十年房价会疯涨的地方。我听着那宏伟的蓝图，不由得也跟着高兴起来，虽然清楚地知道这些繁荣跟我无关，但依旧高兴——至少也能跟着蓬勃一阵吧，我想。寄居蟹的哲学总是既来之则安之，谁说租来的房子就不是家呢？自我安慰也好，洞悉豁达也罢，反正放大了来看，人间也只不过是暂时寄居罢了。

ACT I

我很好，但我不快乐

wo hen hao, dan wo bu kuai le

{ }

1

回长沙的时候我只带了一条牛仔裤。最多两个礼拜，我想。结果我住了超过一个月。

我是回来过年的。当小编剧有一点好，不用坐班，所以腊月廿二我就错峰启程。乘飞机，不是高铁，因为不想再跟火车上尖叫乱跑的熊孩子，外放抖音的大人共处一室五个半小时，宁愿多花一点票钱。

日子真是一天天好起来的，回家的路上我不禁有点沾沾自喜，叫的专车温度适宜，而家门口的黄泥巴工地也终于修成了笔挺的高架。我要三十出头了，日子平稳、舒适、安全，曾经我以为自己一直被生活的漩涡卷着沉浮，现在好像终于也上岸了。

我剪了新发型，去了新酒吧，喝了到家的第一杯茶颜悦色（奶茶），跟朋友挽着手逛国金，为颜色古怪的大衣配了一件新毛衣，又看上了一条新裙子。“买不买呢？”我在镜子前面犹豫，排队的人乌泱泱的，她劝我说：“不然明天再来吧。”

明天下雨，后天也是，再后天就是年三十，不过没关系，反正后天之后还有后天嘛。

我们谁也没有想到，后来过了三十多天，一直到今天，那一天都没有到来。

除夕当天，碰巧轮上我过生日，一湖之隔的恐慌在这一天正式登陆，长沙这个以享乐、消费和胆大俏皮闻名全国的城市突然可疑地安静下来。我需要买个蛋糕，但出门成了一件令人犹豫的事：有传言，靠北的岳阳长沙可能有险情隐患。最后我们在外卖软件上加了跑腿费，勉强买回了一个双拼慕斯——我想吃奶油草莓的，可蛋糕店就是这也没货、那也没货，好像是未来物资情况的一个隐晦寓言。

回想那时候我们是多么乐观啊，总觉得现在是二十一世纪，人类都要登陆火星了，谁把某种疾病当一回事。早知如此，生日许愿时我一定请求神仙保佑接下来的日子里每天都有星巴克（咖啡）喝，可我没有，所以后来每天端着刷锅水一样的速溶咖啡时我都恨死了那一天的我自己。

当天夜里12点，响应长沙市禁止燃放烟花爆竹的规定，小区静悄悄的，空气里没有火药的气味，家里也没有我妈“过年啦”的欢呼声。电视机的声音被调低了。每个人都在捧着手机忧心忡忡，每个人都想宣布点坏消息或者好消息，最后还是我妈推推眼镜：“不放鞭炮还是不行啊，老祖宗传下来的规矩，放了这么多年，现在断了，要乱的呀。”

是乱。没过多久查到通知，为了避免人群聚集，开福寺的初一进香关闭，我妈又一个坚持了几十年的过年传统断掉了。紧接着她发现自己咳嗽起来，这下可不好办——在我家的诸多禁忌里，过年吃药是非常不好的，如果上了医院，那更是为一整年的不顺落下注脚。

可是咳嗽是藏不住的，就像爱情，更何况它还像爱情那样让人彻夜难眠，呼吸困难，提心吊胆——“我该不会是中招了吧，会吗，不会吧？”我妈像一个十七岁少女那样盘踞在沙发上自问自答，只不过担心的事情不是生孩子，而是生病。因为实在难受，她的防线一退再退，从“绝对不吃药”到“喝点川贝枇杷膏不算药”到“搞点抗生素也没啥，百无禁忌”，大年初五，她终于犹犹豫豫地改了口：“要不要去社区医院看看？”

我陪她去了那个夹在理发店和零食自选超市中间的门面。到处都没有开门，一个年轻女人蒙着口罩坐在门口，垂着脑袋有点瞌睡的样子。我妈想开口说话，没忍住先咳嗽了一声，年轻女人跳起来的动作之敏捷简直能让人看见残影。人类的复杂性在此刻体现出来，我们不敢进去，她不敢让我们进去，彼此怀疑对方携带致命病菌，作为防卫，她举起一把体温枪指着我妈的额头。

“测个体温。”她说，“有武汉出入史吗？”

最终证明是虚惊一场，支气管炎犯了，挂两天水，吸了几天雾化，为了让她少出入两趟，我给她买了台雾化机。

2

接下来的日子像某种类型电影。说起被困时间循环，似乎总容易联想起《土拨鼠之日》或者《忌日快乐》之类的电影，主人公所在的那一天充满了戏剧化的情节，机遇、挑战、挫败、阴谋、凶杀，只有解决属于他的终极问题才能成功脱身。但创作者都会回避的一点是，如果被困在完全无事发生的一天怎么办？如果不仅时间上，而且空间上也被限定住了怎么办？如果那个终极问题并不是单靠我们自己就能解决的，怎么办？

每一天我都睡到十点半起床，洗漱，喝茶，吃我妈准备好的早点，蹲坑，刷手机，吃午饭，站半个小时，坐下，烤火，刷手机，吃晚饭，站半个小时，坐下，烤火，刷手机，洗漱，睡觉。

长沙的冬天很冷，湿冷，雨水是下下来的，浮在空气里，撑伞也没用，在家也没用，它们很快就从四面八方钻进你的头发、外套、鞋面，让你像一块掉进下水道的海绵一样浑身发沉、冰冻，还有点霉臭味。天也总是灰的，模糊的。每个长沙人家里都有一个烤火的木匣子，窄长窄长的，插电，上面压着一床方形的棉被，可以把脚伸进去烤。每个下午，每个晚上，我滑下沙发，蹲着，跪着，撇着腿，恨不得把整个人都塞到里面去。

真冷啊。屋里冷，手机里更冷，扑面而来的死亡、眼泪、痛苦和悲剧，图文并茂，充满细节，全是老百姓自己的故事，过于容易让人感同身受。我缩在热腾腾的壳里，为自己的安全和安逸感到可耻，更为自己的废物感到可悲——帮不了别人，其实也就是帮不了自己。

也许是我脸色越来越菜，人也越来越肥了，我妈建议我下楼走走。我站在窗边，隔着防盗的铁栏杆嗅一嗅新鲜的空气，低头看见小区的居民在走步，款式相近的胖胖的全套格子棉睡衣，蒙着口罩，各自离着三四米远慢慢地移动，好像身处一个大型疗养院。吃完饭，我也加入了病友大军，跟我妈一起慢腾腾地走，一圈圈地走，原本熟悉的小区因为一个多礼拜的自我隔离显得处处新鲜。

健身器材区不知道谁摆了个关公在乒乓球桌上，前面还点着香火，半秃顶的男人隔着口罩咬着半颗烟，自己跟自己喃喃地诉着苦，有只肉嘟嘟的小黄狗跟了我们半个院子，满眼睛都是亲近的渴望，我妈也说这小狗长得好看。“别摸！脏！”可是她说。我收回手，看到它身上还穿着牵引链，四下又没有人叫它走，很容易联想起最近听到的弃养宠物的传闻，但到底也没勇气带它回家。

毕竟在这里，连我自己都算是一个借住的客人了。

这当然不算什么家庭问题，只是些微有点尴尬：我妈再婚后，我帮他们一起买了新房子，这间次卧只有过年的十来天给我躺躺。平时他们一人一间卧房，因为一个要睡软床，一个偏要硬板。一周两周当然可以凑合，但我住得越久，他们睡眠质量就下滑得越厉害。

我自己也难受，平时我最享受的就是被自己构筑起来的小世界包围的安全感，北京的家里有我喜爱的书、碟，软绒可爱的玩偶，暖气、加湿器、高度适宜的枕头，iPad架子、意式咖啡机、喝茶的杯子和做拿铁的杯子，酒、无糖软糖、综合维生素，以及各种各样搽脸的水、油、乳、霜，连洗面奶都有两种，过敏时用的和清洁力强的。而现在我被困在这里，这间新造的屋子里没有回忆，没有照片，没有私人物品，椅子又大又笨重，书桌却又窄得出奇，碰得我的膝盖全是印子。旅行装的护肤品很快就被消耗完了，改用二十块钱买一送一的维E乳和大宝。几周下来，新剪的发型成了鸟窝，皮肤也开始冒痘出油，但是无所谓了，谁会看呢？我用老式茶缸自暴自弃地冲速溶咖啡，跟过去一年断糖断奶，瑜伽美体的精致小姐说再见。

另一些痛苦则是精神上的。

拜科技之神所赐，降噪耳机能抵御抖音外放一万遍的粗俗笑声和垃圾歌曲，但饭桌上的聊天却是逃不掉的，我被迫忍受着来自中老年公众号和今日头条的联合打击，不是国际形势就是“双黄连是特效药”。谣言在五十岁以上的人群里散布得格外快，辟谣信息却如同一滴水掉进湘江，咻一声就被划跑了。

我妈的再婚对象是个矮小精瘦的小老头，懦弱，老实，爱干净，将近十年都在省内的一列开往张家界的绿皮小火车上负责扫地烧开水，可他跟全北京的的哥有着同样的宿命——身在洗手间，心在国务院。“只有我是见过的，我在外面跑车才接触得到，你们不懂咧。”他端着饭碗，神秘兮兮又斩钉截铁地坚称自己收到了内部消息。我伸头一看，微信里错别字好几个，小视频连普通话都说不清，于是陪着笑了几声，可是天天都这样又难免觉得心烦。有两次没忍住开怼，大说特说，一一辩驳回去，小老头讲不过我，躲到屋里去大声播放抗战剧，我是赢了，但也并不痛快，因为说赢了一个小老头本身也没啥值得痛快的。第二天早上起来，我妈已经把早饭摆在桌边，我刚夹起一筷子，就听见他又分析起来。

重复的一天又开始了，我抱住头，想要鼠窜，却找不到一个属于自己的洞穴。

3

面对疫情，抱怨痛苦是可耻的，毕竟我还活着，健康，有饭吃，有房住，有有限的自由，有速溶咖啡喝。可我确实又有那么多的痛苦，一小点一小点的，在他人看起来无关紧要，却簌簌地昼夜不停地蚕食着我的神经末梢。

原本大年初二我要搭火车去对象家里玩，后来局势日渐严峻，换日期，换飞机，机票退了又买买了又退，最终还是取消了。我们每天在视频里见面，刚开始还能逗逗乐子，但最近话题也不得不沉重起来：他的学校迟迟不能开学，工资掉到了可怜巴巴的基本线，但空着的房屋和车位还是得交钱，而我，距离第一本写失业的书上市六年，连载八年后，第二次失业了。

2018年税收风波来临的时候，整个影视行业几乎被一脚踹趴下了，接着就再也没站起来。无数个项目被下线，打回，取消，熟悉的制片人朋友在会议桌对面念着一篇文章，苦笑着一字一顿地说："2018年，是吃屎的一年，但在未来的三年里，这是最好的一年。”

现在我知道这句话是什么意思了。

但中年人是来不及哭的，中年人上有老下有狗，还有交了四年半的社保。这决定了她未来是不是能摇到一个比六合彩中奖率还低的车牌，以及能否拥有在五环外机场边或者更远一点的地方买房的权利。于是我打电话，发微信，接连不断地朝大海扔出一个又一个瓶子，求爷爷告奶奶地为自己求一个继续交钱的机会。我觉得这很荒唐，却又不得不继续推进这种荒唐，最终我成功了，2020年的开头，我挂靠到一家公司，自己交公司和个人部分的全部五险一金，且没有工资，这让我新一年的收入成功掉到了负数。

当然戏还是在写着的，书也是，去年交了一本小说，迟迟没有出版，也不知道到底什么时候能出版，没有人说得清楚，只能等。剧也是，接了一本科幻，硬改软，软改硬，这一阵要轻松幽默，那一阵要苦大仇深，一会子不能拍古装，一会子不能拍犯案，一会子高中不能恋爱，一会子单身不能同居，作品像掉在墙缝里的一颗种子，树苗长得七歪八扭，活是活下来了，可没意思也是真没意思。但即使是这样，还是得接新的戏，还是得写新的小说，丢了工作之后我甚至从烤脚的炉子里钻出来了，每天冻得梆硬也坚持在桌子前面敲键盘，毕竟现在的我就是网络时代的搬砖工，手停口停。

如果非要问我从这次封闭中学到了什么，我会说一是警惕，二是珍惜。警惕幸福的假象，警惕自以为是的安全，警惕把自己想象成时代巨轮，高高在上乘风破浪。中产的幻觉如此容易被击溃，而掩藏于其下的现实又是如此粗粝，磨得人脚板心直疼。在持续不断的平庸痛苦中，最微小的快乐都是值得珍惜的。

前几日长沙破天荒地出了太阳，我妈自告奋勇，要用小摩托载我去附近的公园走走。那是一个修在政府办公大楼对面的，比起漂亮更接近宏伟的公园，天空碧蓝如洗，马路空无一人，我们往深处走去，那里有溪流、池塘，壮观的藤蔓植物和精心搭建的凉亭别院。“带你来玩个好玩的东西。”我妈说。直到站在一棵树下面我才知道，她说的娱乐活动就是去踩掉了满地的樟树果子，紫黑色的果实在鞋底爆开，有种奇异的脆卜卜的脚感。“你踩一下就知道了。”这位马上就要满六十的妇女盛情邀请我。噗，噗，噗，我踩过来，踩过去，渐渐开始跟她争抢起来。太阳把我们的脸晒得红扑扑的，我妈说了句什么，我没听清，她大着胆子摘掉了口罩，说：“其实也好咧，要不是这次的事，你也不会在妈妈身边这么久。”她算了一下，上一次我在家待着超过两个礼拜，已经是十四年前了。

这天回家，我把唯一的一条牛仔裤洗了，加入小区的睡衣大军。春天湿气重，衣服要晾很久才能干，但是没关系了，我想我还能再待一阵，还能再在这个临时的避难所里蜗居一会儿。再说万一呢，万一明天一睁眼，真正的明天已经来了，那我就要跑出门去，挽着好朋友的手，马上去买那条新裙子。

给世上摇摇欲坠的你

gei shi shang yao yao yu zhui de ni

{ }

你有没有经历过这样的时刻——世界很黑、很静、很冷，耳朵里是到达绝对寂静之后反而出现的尖细的嗡嗡声。还是个小孩子的你走到阳台上，闭上眼睛，想到有一天妈妈会死掉，朋友会死掉，自己也会死掉，无法逆转，无法放慢脚步，一切都会完全地消失在这个地球上，忽然害怕得哭了起来。

又或者，像这样的时刻——你抬头仰望星空，原本是无比寻常的举动，却因为第一次想到中国之外还有亚洲，亚洲之外还有世界，世界之外是黑暗冷寂的星际宇宙，没有人，没有声音，没有生命，一片漆黑之中只有我们在孤零零地悬浮着运转。想到这些你感觉窒息，最后汗毛直立地快速跑回屋里。

再大些恐惧则渐渐落到实处——数学小考第一次不及格，尿床，家长座谈会，单车被偷，看言情小说被抓，高考失利，校招被拒，初恋分手……每一次，都以为是世界末日。

二十岁，三十岁，四十岁，越往后，恐惧的砝码越重。

拼尽全力却升职无门，突然顿悟在这个世界里自己并不是主角，甚至不是配角，只是每天营营役役充当人肉背景板的路人甲。

海誓山盟却被劈了腿，终于明白所谓永远相爱并不存在，多的只是荷尔蒙与个人利益之间的权衡交易。

亲人离世友谊渐淡，终于了解根本没有什么所谓“事在人为”，这个世界上永远有一些事情你无法做到，哪怕倾尽一生的力气。

灯塔崩塌偶像“失格”，终于接受所有那些觉得崇高、美好、有意义的东西，终有一天变成一钱不值的烂泥。

“生年不满百，常怀千岁忧”，可怕的不是终于尝到“念天地之悠悠独怆然而涕下”的滋味，而是意识到“天地不仁，以万物为刍狗”的荒凉。求神拜佛，无处告解，最后剩下的，只有恐惧，无处不在的恐惧。怕老，怕穷，怕失败，怕害怕，总有那么一天，我们的船撞上了人生的边界，像那个傻乎乎的楚门一样，伸出手去，碧海蓝天不过一块墙壁。

不同的是，他还有一扇门可以继续出走，我们却只能拙劣地模仿阮籍的大哭，在穷途悲恸之后，再返过头去过那味如嚼蜡的每一天。

人生说长不长，说短不短，七十年左右的时光就像一根钢索，走到半途，往前望不到彼岸，回头看不清来处，头顶是虚空无限，脚下是万丈深渊，手中只有一根名为“事业”的平衡杆，左边挂着父母，右边挂着家庭，端着身心俱疲，丢下寸步难行。

千百个我，千百个你，就这样在世间摇摇欲坠，进退两难。

传统教育叫我们向往成功，奋力攀爬，却从未教我们如何直面恐惧，正视人生的虚无。活着的意义是有房有车，儿女双全，光宗耀祖，名牌加身，要成为“别人家的孩子”，成为众人目光的焦点，每年两次带薪度假，目的地是马尔代夫和北欧，一千张青春美丽的精修照片，还要精通潜水和滑雪。

没有它们，我们恐惧；拥有它们，我们依然恐惧。不是恐惧于得不到或失去，而是恐惧于——就是这样吗？只是这样吗？

对于死的恐惧让我们求生，对于生的恐惧却常常令人向死。要从钢索上离开是顶容易的，撒开手，迈开腿，朝着旁侧倾斜一小步，这段旅程就结束了。其他人看见了在旁边惋惜：怎么就这么坚持不下去啊？人生还有好多有意义的事情可做啊？却极少有人能说一句：不成功也没有关系啊。

只是这样也没有关系，没有意义也没有关系，理解不了别人定义的“意义”更没有关系。我不想说什么鸡汤，不想说罗曼·罗兰的“世界上只有一种真正的英雄主义，就是认清了生活的真相后还依然热爱生活”，不想说谷崎润一郎的“大胆欣赏污秽与阴暗”，不想说张爱玲的“低到尘埃里再开出花来”。人生的长度是随机的，大可以选择只过其中的一部分。但，如果有机会，请停留得再久一些。

就再站一小会儿吧，想想一路走来，反射着彩虹色的露珠，珍藏的糖纸和贴画，天空中缓慢行进的白云幻化成肥墩墩的狗或者马。某天的太阳特别亮，某天的风里有暖洋洋的香，电视台重播了念念不忘的电影，喝汽水中了“再来一瓶”，衣服洗了也不用工作的初秋午后，恋人朋友靠着沙发赖着，也不知道什么好笑，突然你看我我看你，笑到肚子都痛了也停不下来。

这些琐碎是感受，是坐标，是决定我们之所以是我们，不是异化成为庞大机器上一颗标准尺寸螺丝钉的东西。从大脑的犄角里把它们掏出来吧，拍拍灰，一帧一帧地仔细审视，去找回那些不带功利性质，没有具体目的的，纯粹的审美，纯粹的好奇，纯粹的感动，纯粹的快乐。对于驱动你前进的世界来说，它们是无用的，但它们却并非毫无价值，它们是中和恐惧的良药。

同时，学着拥抱恐惧吧，不做一个标准的人，一个流水线上的人，做一个活生生的人。去软弱，去懒惰，去做不到，去求不得，去把这些都当成自己人生乐章的独特部分来聆听和欣赏，而不是作为不和谐音回避删除。是，我们注定做不了主角，可是谁又规定只有主角才能得到幸福呢？更何况那样处处完美和谐的大团圆结局，也许并不适合我们每一个人。不被消费主义绑架，不被企业文化挟持，不去达成别人希望你达成的目标，对自己大方承认自己的幼稚、自私、空虚与无聊，然后你依然可以去爱一块河滩边圆润的石头，迷恋手指摩挲布料的滑爽，不结婚，不谈恋爱，不问理由不守规矩地追逐一个偶像，想淋雨就淋雨，想晒太阳就去晒太阳，抛弃体重成见和永远穿不下的小码衣服，不关注股市，而是关注人类何时能长出翅膀。

当然，看穿这一切后，也许境遇并不会有什么改变，钢索依然在，我们也依然要选择放弃或者走完。但至少，下一步可能会迈得轻盈一些，坚定一些，眼睛里除了危险也看得到风景，鼻翼下除了恐惧也嗅得到花香。亲爱的你啊，我不祝你成功，也不祝你快乐，只希望你能如我一样，知道恐惧也许终其一生也无法战胜，但选择与它共生前行。

ACT I

移花接木的温柔

yi hua jie mu de wen rou

{ }

如果今天有外星人乘着太空飞船降临地球进行调查研究，我想它们一定会把都市人划分成一个独立的物种——永不衰老，永不疲惫，既无心繁衍也不事生产，伴随着滴滴的打卡声匆匆行进于一个方块与另一个方块之间，吃着整齐划一的食物再去健身中心整齐划一地代谢掉。人类当然不是唯一的情感动物，但都市人类却是唯一遭遇全方位情感异化的动物，潜行在钢筋水泥的丛林里，我们身上一切情感属性似乎都遭遇了偏移和嫁接，即使那并非我们的本愿。

首先，是亲情。

纵使城市化建设轰轰烈烈地推进了几十年，小地方的年轻人想要搏一搏，最好的去处仍然是北上广深，最多再新加一个杭州。背井离乡意味着独立，远离一切亲缘关系，一年里出差的次数比回家的次数多得多。不是没有趁此机会摆脱糟心原生家庭的“小白菜”，但更多的还是骤然断奶四顾茫然的“精神婴儿”。亲生的爸爸妈妈只能活在电话听筒和聊天对话框里，中间隔着一千二百公里和单程六百八的高铁票价，需求不满的雏鸟们只好选择将情感投射向各种不可思议的领域——初入职场的菜鸟很容易认领导作父，无话不谈唯“马首”是瞻，对他的每一点小恩惠小赞扬感到如沐春风幸福满载。职场老手倒是认清了压迫属性，明白自己与领导之间的正确距离，但他们仍然拒绝死心，反而在更神奇的地方找补缺失的亲情。

我有一个朋友认准了一家美容院的东北阿姨，这位阿姨虽然技术不行手法粗暴，十次有八次都能整出淤青，朋友还是十年如一日地交钱去挨捏，因为人“手重，讲话一句是一句的，又呛又辣”，特别像朋友她自己的妈。还有人点外卖点到了私家厨房，沉迷于跟自己家里如出一辙的一碗汤的味道，搬家到六环外也要翻山越岭出一百二的跑腿费继续订购。还有一些人，直接在抖音上云共享别人家的爹妈日常：敦厚憨实喝了小酒脸蛋红扑扑的俄罗斯老爹，不让养宠物而后“真香”的重庆姆妈，颠锅风风火火辣椒炒一切的长沙堂客们。这些“云爹妈”是广大都市人深夜的情绪出口，是创可贴，是安眠药，每个人关掉手机之前，都会心满意足地跟他们说一声谢谢。

其次，是友谊。

上一代的友谊大概率基于地缘与血缘关系，发小、姊妹和同事都是几十年抬头不见低头见的，而且这几个身份还常常重叠交叉、亲上加亲，所以我妈完全理解不了我交朋友的渠道和逻辑。她对我的小学、初中、高中、大学所有交好过的同学都如数家珍，报得出每个人的小名和趣事，诧异于我的“冷酷无情”：怎么一朝毕了业，那么好的朋友说不联系就不联系了？拜托，我一个在北京住合租房挤三趟地铁上班的打工妹，跟长居本地的全职太太二孩妈该联系些什么呢？硬着头皮说上几句，也不过是流于表面的问候关心，尬聊几句陈芝麻烂谷子的往事，然后就陷入自说自话的泥沼中。关系是有生命的，不同的生活环境让我们原子化，不再处于同一个稳固的社群中，自然也就失去了让关系继续成长的土壤。

取而代之的，我现在所有的朋友都来自网上“下载”——这两年的社交媒体是乌烟瘴气得没法看了，但早个五年八载，互联网简直是灵魂好友的大型相亲角。同样的兴趣、癖好、意见把素昧平生的人聚集到一起，剥离了阶级身份、贫富贵贱、外貌体型。这种前所未见的单纯也催生了前所未见的信任：我们敢去住从未谋面的朋友的房子，人家也敢让我们来住，钥匙就压在地垫下面，本人甚至都不在家；网上约好了就敢一起出国旅行，凑份子AA租民宿吃便利店，几千块现金都揣一个人兜里，从来没人想过跑路；一同喜欢某一个明星，相约去看演唱会，组团购票就直接把钱打到对方的账户里，到了约定时间一起去某个麦当劳里给暗号当面分票，谁也没考虑过诈骗潜逃的可能性。我与网友十几年来合租、合作、互相借钱救急，我妈对此啧啧称奇：亲姊妹都做不到这样的。确实亲姊妹也不会像我这样，到现在还叫不全网友的真名。

至于爱情呢，爱情在清醒而自省的都市男女眼中跟蔗糖一样，大家都知道它好吃，但也都知道它对健康丝毫无益，最好能免就免，实在馋了，来点代糖安慰一下就足够，犯不着磕掉一整个奶油蛋糕。朋友跟我说最近流行与陌生人相约去酒店过夜，丝毫无关风月，就是“斋睡”，跳过约会恋爱结婚的激情，一键直达二十年老夫老妻的无声默契，彼此取暖听着呼吸睡得踏实安稳；或者互相交换去对方家里一起洗涤打扫、做饭遛狗，洗完碗之后互道再见各回各家，共享一点家庭生活的幻觉，又不至于真的沦陷于一地鸡毛的琐碎。又有某朋友跟我说她欣赏办公室某男：“因为他

PPT做得实在太好了，看得人浑身燥热。”都市人连兴奋点都是如此扭曲，与大自然中推崇的体健貌端相去甚远。也有把某明星或网红当情感投射对象的人，却不再当他们是恋人，反而当他们是孩子，宝贝儿子/女儿一颦一笑皆是娇憨可爱，自己这个精神老母亲少不得母性爆棚：“要什么妈妈都给你买。”爱情概括不了这么丰沛又纯净的情感宣泄，只能当妈，只有当妈，才会对偶像宝贝一无所求，甚至不求你也爱我，只求你光宗耀祖，一飞冲天。

教育家苏霍姆林斯基曾经说过：“人类的精神与动物的本能区别在于我们繁衍后代的同时，会在下一代身上留下自己的美、理想和对于崇高而美好的事物的信念。”都市人类并不热衷繁衍，当然绝大部分是没钱也没工夫繁衍，于是我们孤身一人，将美、理想和信念都寄托到了奇怪的事物上面。那是人工嫁接的情感投射，是不得已而为之的扭曲，就像水泥墙缝里硬要长出来的树，但即使这样那也是货真价实的树啊，有根须，有绿叶，在阳光下也能窸窣作响投下斑驳的树影。再刻板的都市人也需要温情，即使只是移花接木的温柔，那也是我们枯燥生命中摇曳的暖光。

ACT Ⅱ

第二幕

人间痛痒

『

当初那般热烈的爱当然早已经没有了，偶尔整理书橱看到落灰的毕业相片，甚至疑惑自己为什么会迷恋一个如此平凡又模糊的人，但咂咂嘴唇，心动的气息还在，古怪的悸动还在，蒸腾着湿气的暑热中一人一杯冰奶茶那湿凉的触感还是烙刻一般的清晰。

』

ACT II

暗恋记

an lian ji

{ }

大概每个女人生命中都有那样一个男孩，他们被封锁在一段窄窄的时光里面，背景总是初夏或初秋的校园球场，高远的湛蓝的天，逆光中看不清他的脸，但那件淡咖啡色的格子衬衫，却可能要花一辈子时间才能彻底忘记。

男孩们符合某种测不准定理：似乎离得很远，似乎又挨得很近，有时候是一个整体，名曰三年一班某某某，有时候又是无数部位与气味的碎片拼贴——微卷的发梢，清淡的嘴唇，隔壁桌暖烘烘挨着的一段手臂，声音，睫毛，抑或只是短短的一段呼吸。故事也总是不完整，记忆的收藏簿里，永远只找得到断断续续的细节。借笔记，带零食，嘻嘻哈哈地打扫卫生，校运会为他加油的时候掉进球场旁边的一个坑，畏高到不行也要一起光着脚爬上天台的消防通道看烟火，隔着一个手臂的间距散步过半里长街。男孩在记忆中是浅淡的，定格在一张拍立得的方形胶片里，笑容灿烂得曝光都要过度。二十年前没人知道拍立得会褪色，就像回忆，就像青春，就像他骑着单车从十八岁的秋天里悠然掠过，一切都不会再重来。

仿佛是可笑的悖论——越是眷恋，反而越是疏远。做朋友可以嬉笑打闹，心动以后却反而甚少交谈——按捺心跳已经来不及了，躲开短兵相接的眼神已经来不及了，哪里还有闲情组织流利的语言？只剩笨拙的、心虚的、一切伶牙俐齿幽默俏皮都被瞬间没收的愚钝皮囊留在原地，与他肩并着肩，沉默地吃完一个甜筒，假装欣赏街对面天空的一角流云，而灵魂躲得远远的，缩得小小的，小心翼翼地捕捉每一个来自他的吐字、音阶，装进看不见的盒子里，造一个白日的梦。

十来岁的青春期总是容易陷进自己的剧本里，以为穿上他的外套就是爱了，以为陪他通宵看天光就是爱了，但老是忽略了最最根本的，问男孩要一个罪证确凿的爱字。而男孩大概也是很忙的，忙着补暑假作业，忙着踢球组团打游戏，忙着跟数学老师理论倒数第二大题的另一种解法。那个时不时在左右晃荡的女孩他看到了吗？也许是，也许不，但看到了又怎么样呢？她一见我就那样沉默，大概也并不怎么喜欢我吧。哈哈哈哈哈。

小路上的玉兰花热闹地开了几转，大家也走到了说再见的那天。

亲近如此苦闷，离别反而成了容易的事。毕业是最好的告别，哀而不伤，被动又主动，惆怅中又有对未来的期待和快乐。今天之后就要离开他了吧，加上联系方式也不会再联系了吧，他会怎么样地回忆我？带着笑或是很沉默？纪念册上只有客套的留言，来去不过是“出人头地，幸福快乐”。偷偷地咂摸每一个笔画，试图从中解析出惋惜、不舍、眷恋的光谱，偏偏那一横一竖皆是光明坦荡，收放自如。散伙饭后的KTV里，同学们抱在一起把每一首情歌唱得气壮山河，男孩一个人点了一首歌，可能是周杰伦，可能是五月天，独唱的几句里仿佛分分秒秒都是暗示，可大着胆子捕捉他的眼睛，却又一望到底，读不出任何深意。

“茶没有喝光早变酸，从来没热恋已相恋”，半熟少年们，哪个不曾被这首歌骗惨过。未来的几十年里，这场只属于一个人的，静谧而又轰轰烈烈的失败总是一再重演，在某首情歌、某部电影、某一平淡的剧集播放过半的瞬间。当初那般热烈的爱当然早已经没有了，偶尔整理书橱看到落灰的毕业相片，甚至疑惑自己当初为什么会迷恋一个如此平凡又模糊的人，但咂咂嘴唇，心动的气息还在，古怪的悸动还在，蒸腾着湿气的暑热中一人一杯冰奶茶那湿凉的触感还是烙刻一般的清晰。有时候会自嘲地想，如果那时候真的在一起了会怎么样呢？躲着大人和老师，勇敢而又秘密地展开恋爱，游戏般地避开审视的目光，在同学的心知肚明中递过字条，约定一起放学或午餐。不要离别，想尽办法也要到一个城市去，用考学，用工作，用同居和婚姻把人生紧紧地绑定到一起，因为纯真的回忆还在，所以永远许诺不分开。

但肯定会分开的，或早或晚。人总是这样，不是吗？大概只有彼此厌弃着分手的时候才会想，咦，当初为什么会喜欢一个这样的人？可是啊，当初喜欢的那个人似乎也不是这样的，那个人有卷的发脚，清淡的嘴唇，隔壁桌暖烘烘挨着的一段手臂、声音、睫毛、柔软的呼吸，然后他像蜕壳一样地把它们一一蜕去了，变成了一只平庸的，围着虚无的欲望之火扑扇翅膀的蛾。

然而回头再看有时难免困惑：在没有蜕壳之前他就真的不平庸吗？那些纤细的忧郁，混沌的引力究竟来自他本身还是出自少女梦中兀自编纂的人设与剧本？究竟是少年的光芒吸引我们看到了他，还是我们被情歌、电影、小说所劝诱，觉得人生到了半熟时候，就非要瞄准一个谁，展开一段微酸惆怅的情愫不可？说到底，年轻的我们爱上的是爱情本身，而不是某个具体的人。

这样想想，果然还是暗恋最好了。暗恋是经过防腐处理，钉在精美木框里的壮丽蝴蝶，永远不会飞走，永远不会凋零，永远与情歌和爱情电影凄美地呼应。王尔德说人生只有两种悲剧，一种是想要的得不到，另一种是想要的得到了，相较之下前者还是稍胜一筹，毕竟，蜡做的果子嚼到嘴里徒留苦闷，但一生只能远远看着，起码还能享用一份憧憬的纯情吧。

那个男人

na ge nan ren

{ }

再也没有那个男人，在我带着混小子回家的时候准备揍他了。

虽然很长一段时间也没找到那个混小子在哪里，他要是知道了，也一定会笑我的吧。

回想起来，打小我似乎就跟男性长辈特别没有缘分，包括从来没有见过面的外公和爷爷，一对一对接连分手的叔叔婶婶、姑姑姑爹，最后轮到我妈跟我爸。记得那时候电视里播着一部叫《孽债》的戏，剧情我半懂不懂，但歌已经会唱了："爸爸一个家，妈妈一个家，剩下我自己，好像是多余的。"仿佛提前剧透一般，看完没多久我就真的"多余"了。

那时候恰逢我妈下岗，为了养家糊口起早贪黑开了间饭馆，从早点做到夜宵，一个人担任采买、收银、跑堂和大厨。房子给了我爸，我妈就睡在饭馆后厨里，靠墙竖着一个油渍麻花的席梦思，晚上就地一放，和衣而眠。为了不耽误上学，二年级开始我就被寄养在外婆家，每个周末见一次起早贪黑的我妈，可周末的生意总是格外好，没人顾得上我，所以我唯一的娱乐活动就是坐在一个一米见方的红色大盆子旁边，周而复始地洗着好像永远没有尽头的碗。

就是在那时候认识了他。

他是我妈的男朋友，长得不算好看，但个子很高，黝黑健壮，跟我白皙秀气裤缝笔直的生父形成了对比强烈的两个极端。第一次见面他把我抱上高高的凳子，像对待一个大人那样进行自我介绍，认真地问了我的名字和班级，对我一整个周末都在洗碗这件事表示出克制的不可思议。最后他在笔记本上撕下来一页纸，写上了他的电话号码：

“以后如果想出去玩妈妈又没空陪你，就打电话给我吧。”

我也不知道自己哪来那么大的勇气，就真的跑去外婆家门口的小卖部，拿着自己攒的汗津津的几毛钱给他打电话。他也真的不食言，牵着我的手去了少年宫，滑了最时髦的直排轮旱冰，买当时齁贵齁贵的乐天雪糕给我吃。

虽然一直以来我都觉得过去苦哈哈的生活其实回过头来看都很搞笑，并且也一直都是这样又苦又哈哈地活着，但那一天不是，那样纯粹的幸福的回忆，从来不能轻易回想，只要想到，就时时绷不住要流泪。

就像阳光太灿烂，反而想要闭上眼睛一样。

二十世纪九十年代的湖南妇女们好像集体觉醒似的纷纷离婚，同时又跟约好了似的轻易不肯再嫁。六年级那年，我妈终于挣够了钱买下一套属于自己的老破小，我也终于得以跟她团聚，而那个男人依然还是男朋友，没能成为传说中的后爸。他倒是乐观得很，依然迈着长腿爬到顶楼来，手里提着沉甸甸的橘子或西瓜，馋着我妈的一手好菜。那时候的我少年老成，已经学会了跟我妈说“你首先要自己开心，要怎么过我都没有意见”，可对于他，同样的话只显得残忍。那时候叫叔叔已经有些生分了，他摸摸我的头，说没关系，先认下你这个女儿，今后你就叫我干爹。

我没有想到的是，之后我们会保持这个身份十几年，眼看着我从小学一路升到大学，也眼看着他一天天变老，从业务骨干变成退休老干，他和我妈都没有跨出那一步。我记得他常常嘲笑我晒得一身黑皮只剩眼珠子是白的，说看我们这么像肯定是亲生的；我记得他是土木工程的大学生，却对辅导我烂泥糊不上墙的数学成绩毫无办法，只能跟我大眼瞪小眼，最后一筹莫展地说“还是请个数学老师吧，我出钱”；我记得他送我进大学的宿舍，利落地修好了分给我的破书桌，一把扛起笨重的行李箱塞到上铺去；我记得他给我买的精装带插画的大开本《红楼梦》，一整套《鲁迅选集》，一本夏目漱石的《我是猫》，我摊开来一起读着，被里面咱家咱家的主人公猫逗得直乐。

他是半路来南方的北方人，长沙方言讲得坑坑洼洼，日常是一口标准的普通话，因为这个，买东西常常被宰。他爱吃辣，一吃就出汗，连带着紫黑的脸膛也发了红，但还是乐此不疲地吃。他不笑的时候很凶，笑起来雪亮的一排大牙又显得很傻，他爱唱歌，台风老派，那时候家里买了组合音响，我和老妈排着队唱流行歌，他偏要唱京剧：“大吊车，真厉害，成吨的钢铁他轻嗯轻嗯地一依吊嗷就起来——”我捂着耳朵喊“难听死了”，他也不生气，只会嘿嘿嘿地笑，同时中气十足地再拔高一个八度。

我记得他给我们讲他小时候的故事：从前家里好过，他耍淘气偷了家里的铜盆卖去废品站，后来才知道是传了好多代的古董；上山下乡的时候他妈妈心疼他，老是偷偷寄来炼乳和饼干，他就打个手电，躲在被子里悄悄地吃。他老是相信朋友，又老是被朋友骗钱，但似乎从来也没有为此担忧过。他的人生总是那么顺遂、开朗、一帆风顺，我想不明白为什么他会跟八竿子打不着的我们有了交集，就像想不明白也算知识分子的他怎么就死心塌地地喜欢上了工人阶级的我妈一样。

也许这就是所谓的爱情吧。

但他最终也没能跟我妈结成婚。就算我们都亲近了这么久，就算连我的名字都改成了他的小名。我知道他和我妈别扭了几年，原因不明，但大人的事，小孩总是无法置喙的。后来我毕业了，跑去南方开始胼手胝足地养活自己，每天被高房租、低收入和做牛做马的实习搞得心力交瘁，和他有一搭没一搭的电话越来越没有话讲，渐渐地就失去了日常的联系。我记得他给我打来的最后一个电话，跟我说女儿啊，以后要换你照顾你妈了，我当时正在录影棚一脸蜡黄地加着班，听着觉得别扭，却又说不上来什么，只好草草应承着嗯嗯啊啊了一阵。我不知道当时他们已经正式确定了分手。

后来我妈终于又结了婚，新郎不是他。我妈问我怎么想，我还是说“你首先要自己开心，要怎么过我都没有意见”。我不知道他知不知道这件事，但心里暗自决定至少我不要让他知道，好像只要不告诉他，在某一个平行宇宙里这件事就不存在。随后的几年我再没鼓起过勇气联络他，只是困在日复一日的生活里，手机换了一个又一个，而这个人就像歌曲结束的回响，宣纸上洇过的墨迹，越来越淡，只剩下不可辨别的灰色。

直到有一年开春，收到了他意外过世的消息。我不曾见他最后一面，甚至在电话里得知消息的时候，我的眼泪都没立刻掉下来。我不知道该怎么表达我们的关系，在外人面前我该怎么介绍他呢？又应该以什么样的身份来替他难过呢？好几天之后我给工作上的联系人群发短信，过没两分钟突然收到一条发送失败的通知，点开一看，是他，大概是手一滑不小心勾选进去了。上一次联络还是三年前，平平常常的“好好吃饭”“知道了”，我没想过有一天这个号码会变成空号，也没想到自己会坐在工位上，就这么毫无预警地大哭起来。

再后来我的头发长了又短，皮肤黑了又白，出书了，写剧本了，挣钱了买房了周游世界了，成年后的人生旅途中，我经历了无数从前想都没想过的激动、喜悦、失落和懊悔。一帆风顺的岁月从来不缺参与者，我也充分地与他们分享了荣誉、金钱和快慰，但回首过去，一无所有的时候，孱弱无依的时候，只有他，大方地无私地把爱分给了我。想想真不公平啊，等我意识到自己什么都还没来得及回报时，他早已经潇洒地挥了挥手离开了，甚至连我的梦里都没有来过。

遗憾吗？是的，可是人到中年，当遗憾渐渐变成生活的常态后，关于他的遗憾也就不那么扎眼了。现在我已经很少回忆起他，只是有时候，偶尔，会突然跳线地想到，以后我带着哪个不开眼的混小子回家，已经没有人替我揍他了呀，没有人会威胁地拍着他的肩膀说，对我的女儿好一点，否则就要你好看了呀。

或者，又有谁来偷偷替我去开考砸了的家长会，谁来帮我拎着塞爆的行李箱，谁来带我学仰泳，谁来给我买那么多好吃的，谁来教我拉手风琴弹吉他呢？

也许早在八岁那年，在金灿灿的阳光里牵起他伸过来的大手的时候，我就应该叫他一声爸。

ACT II

再会啦，心爱的无缘的人

zai hui la, xin ai de wu yuan de ren

{ }

人的一辈子里总会有那么几处灰蒙蒙的记忆。对于我来说，其中一次是在一个桑拿天的下午，天是灰的，地是灰的，人也是灰头土脸，头发乱糟糟。我穿着两天没洗的脏T恤，提着一大袋乱七八糟的海鲜和水果，塑胶袋被螃蟹的螯给戳破了，带着海腥气的凉水滴滴答答地淌下来，顺着小腿淌了一路。

是分手了。不是偶像剧里那种打雷闪电了，暴雨一个立方一个立方兜头浇下来，哭着对吼说“我不爱你了啊！”的分手，也不是王家卫电影里那种夜色里摇摇晃晃的、念着似是而非的诗，转身再也不见的分手。普通人的分手是：拖啊拖的，拖到心冷了、死了，就不咸不淡地说永别了。离开的时候记得带上自己的“遗物”，还有明天要出差了，冰箱里的海鲜你拿走吧不然要坏。

在高压锅炉似的天气里我抱着一堆东西挤上出租车，挂着金链子的壮汉师傅和蔼可亲地跟我拉家常：“小姑娘来玩的哦？”我低头看看手里，一双球鞋、一台游戏机、几张钞票和两斤濒临死亡的虾虾蟹蟹，比起趁着放暑假出来疯玩的阳光好学生，更像是离家出走找不到路的中二少女。于是我说“不，我是出来买菜的啊”，还顺手扬了扬手里的塑胶袋，然后师傅就嘿嘿嘿地笑了："你们这些年轻人，太不靠谱了，哪有逛这么远打着车出来买菜的。"

于是我也跟着乐了起来，嘿嘿嘿，年轻人不靠谱的事情才多呢，一颗真心都可以说丢掉就丢掉的，打车买个菜算什么。

然后我就假装边看风景边听歌，然后我的眼泪就突然掉了下来。

其实也不是什么煽情的歌，相反地，是一个软绵绵黏答答的男人声音，伴着台南歌舞厅里阿公阿妈搂搂抱抱跳着慢三的恶俗节奏，在广播里晃晃悠悠地唱着扁扁的闽南语：

"再会啦心爱的无缘的人，若无爱石头嘛无采工……"

"过去像一出憨人的故事，无聊的梦……"

真是可怕啊，我原本以为，就算我的人生不是偶像剧和文艺电影，也不至于搞笑到这个地步，就连分手都是这么喜感。别人有滂沱大雨、背叛情歌、恸哭喟叹，而我只有一颈一背的汗，满脑子混混沌沌的不真实感，一个人堵在喇叭乱响的十字街头听着一个叫施文斌的老男人在1995年唱的老歌，带着别人不想要的一兜子菜，和不想要的我。

要是周星驰这个时候站在我背后，一定会说"这个人看起来，好像一条狗"吧——一条夹着尾巴、落荒而逃的流浪狗。我都没有意识到自己这么好笑，就像没有意识到之前是多么愚蠢地想要又不敢表达，多么无望地心中窃喜与独自等待，甚至没有意识到我爱他，爱到自己都厌恶的地步。

要是身边的出租车师傅真的听了我的故事，说不定会兜头一个耳光，骂我“小姑娘年纪轻轻的不好好过日子在这边胡混瞎混”。但是还好，关键时刻输人不输阵，当人家问我：“怎么啦，分手了哦？是被人甩了吗？”还能敏捷机智干脆利落地回答：“才没有，是我甩了人家啊。”于是那位看上去五大三粗的金链汉子居然一边打着方向盘，一边像一只熊一样温柔地拍起我的肩膀来：

“好，干得好！我就知道，小姑娘不要怕，这年头，别的没有，睡一觉起来男人有的是。现在你伤心，哭哭是可以的，但是你要想到以后，有一天找到了个好样的，你就该谢天谢地今天断掉了哇！”

我终于没绷住，在这句话之后跟个神经病似的抹着眼泪笑出了声。

没想到我人生的第一堂爱情课，居然是一位出租车师傅和远在台湾的施文斌一起教会我的——如果只是个心爱的无缘的人，那就要勇敢地说再会，即刻启程，再度上路，沿途有茉莉，有夕阳，有幸能再得一个人牵着手翻山越岭，如果没有，就算是自己一个人，也可以看看风景，高高兴兴地走下去吧。

这就是曾经发生在我这个公认很好笑的人身上，可能一点也不好笑的一个故事。

ACT II

厌女

yan nv

{ }

女人一生中所能遇到的大大小小的陷阱，我差不多都踩过一遍。

有些陷阱，在我都不足以被称之为一个女人的时候就已经开始出现了。我的生父和他哥哥是家里仅有的男丁，却一人生了一个千金，家境与政策的双重限制让他们就算想追加一个“带把的”也有心无力。我落地的时候父辈家里一定是失望的，据我妈说当年她没少体验婆媳矛盾经典剧情，争吵的结果是和生父的父母分了家，三口人挤到一套一户室的小房子里去。从我记事起，我妈就按斯巴达式的教育理念培养我：要强，要出头，要表现。“因为不是男孩，所以要比男孩更厉害，让他们无话可说。”

理解之前先去执行，这是小孩子面对权威时下意识的反应。我确实如她所期望的那般奋勇，去选班长，去打比赛，去争大到“三好学生”小到“讲卫生标兵”的所有荣誉，为操行评分没有得到满分真情实感地掉眼泪，现在看来简直可笑。但那时候的我虽然也有疑惑，比如为什么在这不断冲刺的途中，我的对手绝大多数都是女孩，男孩子们都在忙着追跑打闹，成绩游离于班级二十名开外，一点也没有大人们所说的那么“厉害”。但那种低人一头的恐惧感始终是在的，总疑心他们是沉睡的巨龙，或者是用嬉皮笑脸迷惑我的天才，只要他们想，随便一出手就能剥除我优秀的伪装，暴露我是鹤群里的那只鸡的现实。

我从没有想过为什么“男孩”会是一个坐标、一把尺，可以度量我一言一行的优劣等级，正相反地，我把它全盘吸收了，内化了，建立了一套“像个男孩”的认知体系。女孩们喜欢明星，听流行歌曲，我拒绝；女孩们情感丰沛，哭哭啼啼，我鄙视；连带女孩的长发、裙装乃至稍微明显的女性特征都让我徒生厌恶。青春期里我最厌弃的莫过于自己的宽胯大屁股，这个如今最让我喜欢、最得意的陡峭曲线对当年的我来说简直是身体上的肿瘤，多看一眼都觉得恶心。那些年的流行文化也在四面拱火，女明星走性感美丽路线的少之又少，选秀歌手演员里层出不穷的都是平胸短发小背心、雌雄莫辨的假小子。我学着她们扮演一个男孩，遮掩着胸和臀，自以为是满不在乎的酷。

可是这样的酷是学来的，借来的，偷来的。并非正品的心虚感让我在面对很多事情的时候并不如预期般洒脱。比如在很长一段时间里，我都不明白如何正确地释放爱和接收爱，跟女孩交朋友似乎在背弃高贵的男性准则，跟男孩交朋友却又会被贴上“骚”和“勾引”的标签，于是只好自我催眠：“我不需要朋友，我不需要关系，独来独往是很棒的一件事情。”与人发生联系只有一个路径，就是别人来找我。那时幻想中的爱情就是闪闪发亮的他于千万人中一眼看到我，只有他才看得到我，然后非我不娶，山无棱天地合。当然现在我明白爱情不是这样的，友谊也不是这样的，但那时候，一个连自己的性别都不喜欢的女孩哪知道呢？别说闪闪发亮的他了，漫长的成长期里难得出现的两三好友都是因为他们太好了，太坚持了，这才敲开了我那层自以为是的外壳，然后里面那个软弱而孤单的我又会抱着他们不放："我只有你了！别离开我！"友情如此，爱情也如此，于是我所拥有的友情与爱情都很少，因为既折磨自己又折磨别人。

好容易长大了一点，终于甩开别扭的男性角色扮演，又赶上了蓬勃的消费主义大潮，好像人人都开始关注女人美不美、怎么美，且对于女性的"美丽"定义开始从天生丽质向后天努力转移。新的焦虑又产生了：你胖，你黑，你腿粗，你长痘，你不美，都是因为你天性里就带着七宗罪，又懒又馋又抠门，要像背熟乘法表那样背熟唇膏色号，要会搭配衣服和包包，要对头发、指甲、睫毛的细节保养头头是道，没有丑女人只有懒女人。今天用三道工序彻底洗净毛孔，明天拿六种精华涂抹三明治式面膜，同事们日常打招呼寒暄都会以这样几句话开始："哇，你胖了哎。""怎么吃这么少，减肥？""脸色不好看啊，推荐你用这个护肤吧。"外貌焦虑推动我把购物车堆得满满的，用放大镜审视自己的每一根汗毛是否浓淡合宜，每一条纹路是否急需填充和提拉，好像差之毫厘都是对美的巨大冒犯。我做热玛吉，打瘦脸针，滚动着微电流仪器日复一日电击自己的脸，要说回报当然也有，只是偶尔也会冒出一丝疑问——一副注定老去的皮囊，真的需要投入如此多的时间和资源吗？我究竟想证明什么呢？是这种一丝不苟的精神间接证明了其他方面的优秀，还是，仅仅只是，"他们"觉得这样更好，更美观？

与此同时他们又开始指定何为女人——海量的刻板印象以幽默和人文的方式堆到我的面前，仿佛这些是义务教育指定的参考。初级一点的无非是女人要"作"，要反复无常，女人沉迷偶像剧，女人不讲道理。这些粗浅的标签还让人想鼓起勇气辩驳一下，但高明一点的、以近乎奉承的方式说出的标准就直接让人迷惑了：女人要优雅，智慧，风轻云淡，进退得宜，上得厅堂下得厨房，婚姻事业两手抓两手都要硬。说的都是好词儿，细细琢磨却老能尝到一丝异味，“男孩”的标尺不见了，但长大的男孩们却又给女性追加了一万根标尺，这一次我的比较级是其他女人们。我们一同蹦跳着、追赶着天花乱坠的标准，在窄窄的合格之门前打得头破血流。月经的疼痛在“女人就是麻烦”面前要忍住，怀孕的不便在公司“招女员工果然添乱”面前被强咽，育儿哺乳更不用说，一万个人追着你要你道歉，因为“吵到我了”“辣眼睛”。我们不能承认自己的不适和力有不逮，承认了就是软弱，就是低人一等。

都说物极必反，受不了的时候自然是会想反抗的，但可笑的是，哪怕是呼吁女权，也有无数甚至都不是女人的人来指导你何为“真正”的女权。不够优秀、不够纯洁、不够凄惨和不够卑微的女人都不应该质疑自己所感受的一切不合理规训，否则就是想占便宜，别有所图。在无数次的争辩和疑虑之后我才恍然大悟，过去的几十年里我好像完全站错了跑道，因为在一条“厌女”的道路上，我不可能跑赢任何一个人。

这时候我才真正与过去那些怀着疑虑但依然别扭前行的自己达成和解——并不是我不够好，或者说，从来没有人能定义什么是足够好。我的生活、行为、思想都不应该卡在某个既定的模具里，长成某个既定的形状。我是女人，我有属于雌性的第二性征，但我可以选择任何一种生活方式、穿着打扮，选择爱或不爱、工作或不工作、结婚或不结婚。我有的方面相对弱势，也有的方面相对强势，我有缺陷，有脾气，有失败之处也有成功之道。就像黄种人与白种人都是人类一样，我与男人也都是人，不是来自金星的外太空异种或者完美无瑕的标本模范。性别只是性别，没有任何需要区隔、强调、歌颂或贬低的地方。

在放弃了成为一个“女人”之后，我才真正爱上了自己。

所以我们要不要喜欢北京呢

suo yi wo men yao bu yao xi huan bei jing ne

{ }

有那么几年，“逃离北上广”成了一线城市打工仔们的魔咒，大家一边埋头修着“福报”[2]，一边幻想诗与远方，身处之地好比1850年美国南方奴隶制甘蔗园，只有脚下滚烫的土地和头顶毒辣的太阳。故事和酒？美景和爱？不好意思，看不见这种东西。

很不幸，我也是栖居在其中的一员，而且更不幸的是，还落脚在气候最不宜人、景致最不起眼、小吃最不好吃的北京。

怎么说呢，在我还没有来北京的时候，我是很不喜欢北京的。可能因为我从小是个穷鬼，长大了也有很长一段时间是穷鬼，住在屋顶漏水的筒子楼里，穿打折货，用两块五一只的饭碗喝冬瓜汤。正所谓缺什么想什么，不怕你们笑，我的童年梦想讲出来全是郭敬明的电影小说，穿名牌，吃名牌，住名牌，就是这样漂亮又肤浅。一个幻想出来的、体重轻了二十斤、脸也美图秀秀过的我，应该住在上海，出入高级写字楼，睡着金城武，一杯红酒配电影。但是现实生活中的我呢，却是拖着一只拉手断掉的

2. 2019年4月11日，时任阿里巴巴董事局主席马云在内部交流会中称：“今天中国BAT这些公司能够996，我认为是我们这些人修来的福报。”“996”指的是早上9点上班，晚上9点下班，每周上班6天的工作制度。（编者注）

旅行箱，外加物流运过来的三只破麻袋，一起来了北京。

我也不知道是北京把我变成了一个粗俗的人，还是我本来就是一个粗俗的人，所以才这么快地适应了北京。以前有段时间“聊发田园狂”打算春耕秋收，跑网上去买生菜种子，老板说可贱可好养，“落地就活”，听起来好像就是植物版的我。我在北京当过一个月只花一百块的社会底层，也进过一晚上喝掉一万块的酒吧。虽然苦乐自知，但在北京有一个好处：这两种生活，以及更多种可能性的生活都可以共存。星光天地对面卖着煎饼果子，朝阳大悦城旁边开着廉价菜市场，天鹅湾楼下就是推着车的臭豆腐热干面，穿着华服挤地铁去梅地亚开会，披着睡衣上五星级酒店吃夜宵，大大方方，坦坦荡荡，没人care，没人会多说一句。城管的车子来了，隔着三百米就慢悠悠地按喇叭，小贩们也笃笃定定地收摊子跑路，一种谁也不当真的轻松趣致。有时候给了钱臭豆腐还没炸好，几个人跟着三轮车后面跑，老板也笑嘻嘻的，蹬蹬车，回头看一看：“欸你们跑快点去前头那个巷子里等我。”“好的老板记得我的那碗不要辣。”

北京的人也粗俗，粗俗中带着点风尘里洗出来的狡黠，讲话一句是一句，混杂着跑火车和冷知识大全，扛不住的觉得沟通不能，满嘴胡吣，扛得住就会觉得有趣。上海人最大的好处是拎得清，北京人最大的好处是想得开：我看你像个傻子。这是什么话，什么叫像啊。人生苦短，不求上进，就做卤煮里沉底的一截大肠，最垮最烂却最有滋味。也许哪天冷不防被捞起来咬上一口，艳惊四座，大受欢迎，然而自己心里门儿清，撑死了也就一截大肠而已，发自猪的肺腑，从大便里来，往大便里去，何苦琢磨啥升官发财呢？天大的事情也不敌散散漫漫，提笼架鸟，聊天打屁。我在这里学会了逼字的一百二十种用法，学会如何正确地跟出租车司机一起吹中南海级别的牛皮，与每一个出租屋楼下的大爷大妈建立起帮忙收快递的革命情谊，以及买菜的时候没带够钱如何刷脸赊账。

北京居民的粗俗背后有一种大而化之的优雅，看破不说破，账算得明白，小节却不拘，买淮山饶葱，买五花肉送蒜，桃子可以试吃，不甜不要钱，试吃的那个也不要钱，关键是下次还要来。小卖部的谢顶大叔捡了一窝喜鹊养在门口，隔壁栋的小姑娘收了破衣服在花园里垒猫窝，小区CBD里卖小盆栽的老太太嗑着瓜子日复一日开档，打折，甩卖，收摊。有意义吗？没意义，然而没有意义就是生活的本身。打发时间么，无聊地在金灿灿的干燥的空气里慢慢变脆，未尝不是一种快乐。

是，北京房子贵，每天堵车，空气糟糕，本地小吃就是个笑话，但是搬去南京，搬去东京，未必不会一样糟心。佛说境随心转，也说福人居福地，福地福人居，说白了就是心好身正，踏实愉快地生活，哪里都是马尔代夫。我无法去说我喜不喜欢北京，毕竟我死了，北京还在，北京才不在乎我喜不喜欢。但我知道自己在接下来的年月里还想留在北京，我们是她怀里匆匆的过客，她是我们短暂人生里更短暂的家乡。

来不及做大人

lai bu ji zuo da ren

{ }

“大人”这个词在我家乡的方言里，意思很微妙。首先，它在意义上自然是与“小孩”相对的，但似乎又不单指年龄上长大成人，还包含了无数种特殊的含义。长辈们说一个人‘是个大人样子”，绝大多数的时候是表达夸赞，形容孩子懂事、早熟，安静乖巧，又或者用功读书，不贪奢靡，很懂得为自己和家里俭省打算。但对即将踏入青春期的女生来说，“大人”的意思却又不同。如若她们不打算眼镜一戴校服一披，面目模糊地混过“花季”“雨季”，而是稍微有点进取心地拉直头发，露出衣摆的荷叶边，或是把嘴上的润唇膏悄悄换了几乎可以忽略不计的淡粉色，便一定会有老师或家长要呵斥她“红漆马桶”“想做大人想疯了”。我那时候缩在窗户边听着别人挨骂，心里混沌一片，不知道“做大人”到底是好还是不好。

在我们面前，成熟的范本无外乎就是父母、亲戚，可如果说我们长大了要变成他们，那又是百分之一百地不甘心。二十世纪八九十年代的大人仿佛处于割裂开来的两个极端：要不承袭更早一辈的简朴与古板，中年的男人女人看起来就像年轻一点的爷爷奶奶，肚子里有一整套融合了三字经与工厂安全操作守则的行为规范，人生正道只有上班和下班；要不就突然大破大立，蓝眼影、爆炸头、蛤蟆镜，夸张招摇地蹬着人造革皮鞋转进舞池和牌桌，孩子扔在家里像扔了一只宠物狗。正面范本的缺乏让我们个个都能对动画片里的孙悟空与哪吒产生共情——石头里蹦出来的，天生天养的，或者宁愿把骨肉还给爹妈求求你别再祸害我的。大人是幸福的反义词，最可怕的诅咒莫过于“长大后我就成了你”。

等再大一点，港台电视剧和电影大举攻陷地方频道，这才后知后觉地明白自己想要成为和抵达的究竟是什么。那时候香港的TVB女星是最容易让人倾心的：打扮简约入时，气质矜贵干练，出入的都是落地玻璃敞亮辉煌的场合，隔着电视机都能闻见飒爽的香气。如果大人是这个样子的，那么长大似乎也不是可怕的事了，于是一群困在象牙塔里的呆头鹅女孩似乎都找到了目标，开始苦练英语，抱着收音机听BBC，志向也改成了律师和女法医。就连躺在宿舍里无所事事的白日梦，也从贝克汉姆如何爱上我换成了自己于何时何地能优雅地抽一支香烟，一杯红酒配电影，将大人的身份驾驭得游刃有余。

但真待年龄进入大人的区间，我们却反而越来越懒得做大人了。

挣钱了，稳定了，可以自由地支配化妆品、超短裙和染烫过的长发了，香烟和酒精也不再是神秘的禁忌品，可我们反而越来越少化妆烫头，抽烟饮酒也不过尔尔。更不要提一泻千里的消费欲望，大牌确实也买了，但最终还是一个布袋轻松出门，衣裙说少也一柜子了，日常穿着还是纯棉T恤牛仔裤。好像年龄越大，越知道外物带来的加成实在有限，是否属于大人，也不是几支姨妈色口红和性感外衣能决定的。一本正经的时候当然有，也出席酒会，参加典礼，互相端着香槟晃来晃去。头发倒是梳成了大人模样，但总疑心自己是披了个皮的假大人，真正的大人彼此得体地碰杯寒暄，随时随地自然熟络，而我却只关心甜点和果盘，吃得多越发心虚，时时觉得要被人看穿。

今年过年回老家，我照例倚着厨房门跟我妈说话，她忙着切洗炒炖，时不时从锅里现拈一点出来给我试味，我也从善如流地一一张嘴接着。我妈讲：“这个猪蹄呢要先紧水，炖的时候盐不要放早了，不然肉不容易烂，记住了，等你以后做大人了给老公烧了呷。”我一愣，她也一愣，彼此都想起来今年我已经三十有四，若换成她的时代，孩子都念小学了。我妈笑道：“怎么你看样子也还是个细妹子，还跟读书那时候一样的，搞得我老觉得你还小。”可能是我的素颜加大光明变成了年轻感的滤镜，也可能只是我妈一个人的幻觉，都说情人眼里出西施，大概妈妈眼里看子女也总是觉得小的。

等年节过完回了北京，我妈照例又是一连串电话追过来，操心着我“做大人”的枝枝节节。长辈担心晚辈自立门户的问题，无非是生活是否稳定，感情是否无虞，但碰巧撞上社会飞速发展的二十年，上一辈对幸福和危险的认知跟当今时代早已经完全脱节，就算想要提供场外指导，也是驴唇不对马嘴。比如我妈知道我处了对象，就要一声声地叮嘱：“你也要好好看着他，叫他不要打牌，男人么最忌讳赌，人一坐上牌桌就不行了，要废掉的。”她不知道一线城市享受“996福报”的打工狗们下了班恨不得能叫一副共享担架给抬回家，力气只够抬起一只手看看抖音，多挪动一寸都要耗尽电量就地关机，哪里来凑一副牌局搓通宵的热情和动力。

感情也要担心，老问：“你们最近吵架没有？”我疑惑：“是必须要吵架吗？”回说当然不是，只是妈妈这辈多的是怨偶，见到不吵架的反而稀奇。又问：“那你们平时没事在家，都干些什么，不无聊的吗？”言下之意是当年他们在一起吵架无非是相看两厌，再加上没钱，物质生活也贫乏，倒是把生气吵架当成了一项娱乐活动。我说我们休假了在家买了台游戏机，两三百块一个游戏打到天荒地老，还能开双人模式兼做运动，休闲减脂一举两得。再加上养了只狗，逗一逗、遛一遛，每天要多快乐有多快乐。我妈咂舌：“多大的人了，还是打游戏，看动画片……”又说：“也不是催你呢，要养就养个小孩嘛，养什么狗，这样不大像样子。”

大概在父母那一代心里，游戏动漫之流跟游乐场小飞船一样，是专供十二岁以下儿童耍弄的幼稚东西，养狗更是玩物丧志，并不正经。但要我说，自养狗起，我才第一次稍微生出一点带孩子的信心来，因为一个不通人言的小孩子大抵跟一只憨顽小狗也差不多，能应付得来A自然也能应付得来B，像是一次难得的育儿实习。要不然只能在微博上看看别人带娃的苦水，隔岸观火心戚戚然，是决计不肯踏入那个地狱模式一步的。倒是家长们老想着揠苗助长，恨不得你昨天还是白纸一张，过了十二点就要自动进入大人模式，将过往的幼稚嗜癖一概摈弃，上来就是“生儿育女，升官发财”。身边不是没有做到这些的同龄人，但看着多少有些可怕，不懂他们从哪里秘密修炼成了这些大人经。

再又要说：“跟人过日子还是要贤惠的，多做好吃的给人吃，平时家里要收拾，人勤快点总不是坏事。”我告诉我妈，现在大家不分男女，都要上班挣钱，回来也是一样辛苦一样累，所以家务都是平均分配，实在有不想干的自觉掏腰包买机器对付或者请阿姨。我妈又要咂舌，说：“我们那时候也都是要上班，但女人终归是要管家的……”我也只好回她：“所以你们那时候全都离婚了呀，又要你做事又要你干家务还要你带孩子，男的就甩手坐在边上看电视，你心里不气的哦。”

我妈倒是坦然承认她确实气，但还是笑，说：“你们现在一个个的还是细伢子气，都不想做大人了。”我寻思着如果做大人意味着让渡做人的快乐，非要去做牛做马，那不做大人应该也没什么不可以。

ACT II

穷快活

qiong kuai huo

{ }

在我十岁往前的记忆里，生存环境一度十分“贫瘠”。游乐场只有在生日或者年节时才会“进城”享用一次，平日里居住的工人新村只有开裂的水泥地和稀疏的植物，称不上什么景观。为了省电，电视机也被摆得高高的，只有大人回家了才开。我认字又不多，几本旧了的连环画和故事书翻来覆去地看，看到背下来为止。

大部分的快乐来源于吃。一块钱一大兜子的干玉米粒用高压锅压成爆米花，再熬化一勺白砂糖，烧成褐色的糖浆浇在上面，焦香四溢，吃得十个手指头和嘴巴你粘着我我粘着你，甜蜜地胶着在一起。菜场挑剩下的、小个有瘢痕的酸苹果，等老妈三班倒得忙完了终于得了空，就以极便宜的价格买回来，切碎了在锅里加糖熬成果泥，用之前吃罐头剩下来的大肚子玻璃瓶盛了，放进冰箱冻一晚——那一晚注定是睡不好的，梦里都是冰凉微绿的玻璃贴着肚皮，手指蘸着黄澄澄香喷喷的苹果酱，送进嘴巴里尽情地吮。

湖南盛产柑橘，价格极贱，冬天围着炭盆取暖的时候，大人们会往炭里扔几个冰糖柑，火一烤，轰然一阵香气扑鼻，然后用火钳把烧得炭黑的柑子取出来摔在地上。这时候柑橘的外皮已经焦硬了，一摔就开，孩子们就用冰凉的小手将它一扒两半，顶着滚烫的香气狼吞虎咽。

夏天有挑着木桶叫卖豆腐脑的，五毛钱一大碗。关于豆腐脑，我的老家大概是最不存在甜咸之争的地方，因为这一碗照例是一分为二，一半做晚饭的时候加上酸菜、辣椒粉、小香葱汆成汤，一半冻凉了拌上白糖当作零食。

小孩子玩耍主要靠扎堆，用大片枫香树叶的叶柄“拔根”，跳皮筋，还有一种你追我赶的、叫作“三个字”的游戏——大概就是考验词汇量版的“官兵捉贼”，负责抓人的“官兵”盯着一人，穷追不舍；被抓的人在快要被触碰到之前，竖起两个大拇指，紧急地说出三个字组成的词语，例如“自行车”或是“冰激凌”，且不能与前人重复，成功完成就可以免疫，不用被抓为官兵。这种游戏非常科学地兼顾体力与脑力，可我从小就“四体不勤”，对于这种高“耗电量”的游戏，只觉得累大于有趣。

那时候湖南人的家里总有个摊着麻将的桌子，下岗的大人们就昏天黑地地困在上面打。也有不打的时候，多是在吃饭或者午睡，这时候我就特别喜欢跟我的手帕交（关系亲密的女性朋友）一起，踩着凳子爬上桌，用麻将垒房子。沉甸甸的赛璐珞制品方方正正，非常像砖块，绿色的一面用来砌墙或者铺路，有鸟或花的一面转出来作为装饰。小孩子好胜心强，这场游戏到最后一定会演变成谁的墙砌得更高、谁的塔堆得更体面的军备竞赛。然而也总是“创业未半而中道崩殂”，正砌着，“墙”就哗啦啦地垮塌下来，四散一地。最后少不得是一顿打，因为常有磕坏或不见的麻将牌。有时候大人们一圈牌打了一半才会发现牌少了，手气正好的爹妈们难免一肚子火。

念书了之后，终于有了可支配的零用钱，虽然少得可怜，每天平均下来也不过一块两块，但人嘛，穷则思变，办法总比困难多。从初中起，两三个同路回家的女生就会结成联盟，通过原始的“共享经济”将现金的价值最大化。校门口的文具店有大量的漫画出租，五毛一本，我们就趁午休时间去租回来，看完交换，放学后再交换第二次，一套二十四本的长卷一个礼拜左右也就消化完毕了，所费开销不超过原价的三分之一。小卖部的玻璃瓶汽水一块一瓶，很长一段时间都有开盖再来一瓶的促销活动，那时候所有人都练就了通过瓶颈的一小段缝隙偷瞄中奖红字的神技。只要花一块钱开个好头，后面就有一瓶接一瓶的免费汽水拿，最多能接龙六七瓶。还有脏摊上的油炸货，几个人约好各自选择不同的花样，再互相交换尝鲜。兰花干、火腿肠和包菜叶炸得酥酥脆脆，辣椒汤里一蘸一提吃得满嘴流油。那时候我家离学校很近，有好几次我被出来买菜的我妈当场逮住，抓个现行。她骂我：“不知道这东西有多脏吗？家里的饭菜不是这个味？不比这个好吃？”她说得都对，可我就是抵抗不了在外偷吃贱价美食的快乐，现在想想也真是吃饭界的渣男，横竖一个“信条”，就是“家饭没有野饭香”。

穷人也旅游，一大宗旨是用时间和舒适度换取金钱上的减免。大学跟一帮同学去凤凰，兜里揣着三张大票就敢出发，短短四百多公里路也要买最便宜的绿皮火车票半夜走。没有座位，就去坐车厢连接处的铁皮地板，晃晃荡荡十几个小时垂着脑袋甩来甩去，好像一盏坏了螺丝的台灯，等到了时脖子里面咔啷作响，屁股肉都快要坐散掉。刚工作的那几年，囊中依旧羞涩，但还是挡不住玩心大发。从深圳出发，就近可以去广州、香港，从北京出发短短三小时也能直达东京。虽然这些城市看起来灯红酒绿，是购物天堂，但只要能忍住不乱买东西，只乘特价飞机，旅游消费也会立刻亲民起来。我在九龙住过堪比鸽子笼的小旅社，坐比冰箱大不了多少的迷你电梯，进屋开门就是床。行李箱得即用即拿，用完马上关起来搁在窗台上。在日本我待过歌舞伎町一番街（有“日本第一欢乐街”之称的街市），每天夜里都要穿过头发金黄蓬松、好像一头头彩衣松狮的牛郎小哥和醉醺醺的上班族才能回归宁静。治安不好的地方混迹多了，仿佛久入鲍鱼之肆而不闻其臭，不明白为何同事们听说在胡志明市的民宿，打开窗户就能看见楼下当街抢包的轶事时会面如土色。现在想想，大概是因为对于穷人来说，没钱才是最大的恐惧，相比较之下其他的潜在危险反倒算不上什么，落进口袋的才是最实在的。

最惊险的一次，我乘火车转大巴转小巴，踩着一脚红土走广西边境进入越南。边防的越南警察看人下菜碟，比手画脚地指挥中国人往护照里夹钱，要二十块人民币，不放不给过。我就偏舍不得，硬站在那里跟他理论，我的英文很破，那位大哥也一样，一来二去的“Money！”“No！”车轱辘转几个回合后就只剩大眼瞪小眼。越南的边防站再破也有荷枪实弹的武装警察，真要驱逐我或者抓起来关一关大概也不是不可以。但我穷气上涌，认定了二十块作为冤枉钱数额巨大，够点一大盆麻辣烫了，咬紧牙关就是不挪窝。彼此瞪了十来分钟，人家估摸着这回真是遇着了茅坑里的穷鬼了，又臭又硬，终于还是骂骂咧咧地给盖章放行。我用那二十块换了好几万越南盾，心里明白不值钱，但拿在手里还是快活得很，有一种天降横财的虚幻喜悦感。

日常生活里的快乐也是有的，总的指导思想是惠而不费，实用俭省。平日里住的房子年久失修，家具都是二十世纪九十年代统一打的仿红木板材，总像蒙着一层土黄色的滤镜，但搭公交转过半个环线去到宜家，买一个一块钱的冰激凌，马上就能在明亮舒适的样板间里坐着休息，憧憬着小资的生活。逛街从不去商城，而是直奔大柳树批发市场。偌大的广场里密密麻麻铺开上千个地摊，从衣服鞋袜到床单桌布都能买到清仓尾单，一百块钱在这里算巨款，能从头到脚扫出一身新。最赚的一次要数我们买到了一个二手的进口微波炉，簇新簇新的，一直用到我搬走了，它还在兢兢业业地服役，不枉我们两个女孩龇牙咧嘴地爬楼梯给抬上顶楼。

后来终于赚了点小钱，生活没有那么窘迫了，但也难免“聊发少年狂”，时不时地想再尝一次记忆里的快乐。可惜宜家还在，市场常开，再去时却没了那种捡大便宜的狂喜，只觉得那里人多又挤，脏乱差且累，宁愿多出些运费躲在冷气房里自己闭眼下单。以前我和同为穷鬼的室友在样板间里一起舔着冰激凌，畅想着将来如果有钱了应该如何挥霍，我感叹“有钱真是好啊”，她说“对的，谁说钱买不来快乐，比如花钱吃六个冰激凌就比吃一个快乐”。谁能想到现在的我已经实现了吃六个冰激凌的自由，却连一个都已经很少去吃了。

钱当然能买来快乐，没有钱的快乐充其量只能叫苦中作乐，但我的记忆中，确实有这么些非穷过不能体会的快活。乔治· 奥维尔曾经说过，看星星是完全免费的，不用交钱，我说的这些快活大概就是穷人的星星吧。

ACT Ⅲ

第三幕

致青春

『

在一步步远离青春的过程口，我渐渐接受了自己不是这个世界的主角，甚至不是配角，只不过是70亿路人甲之中的一个，多我一个不多，死我一个不少。但越是这样，反而越是长出了点儿志气，想在这坚硬的世间抓挠出一丝属于自己的痕迹来。

』

ACT Ⅲ

摩登情爱

mo deng qing ai

{ }

爱这个字，从来没有像今天这样泛滥又稀缺过。

说泛滥，是因为唾手可得。一万部网剧电影，一万个情感博主，一万个“撩骚树洞”，不管你是想学习、体验还是围观都可以靠着一部手机，食指点点，一秒直达。一夕之间，仿佛所有互联网公司都在致力于推动人们社交：想要就地结婚有网上婚介拉媒，想要浅尝辄止有交友软件“左划右划”，想要就近面谈有“摇一摇”“附近的人”，想要朦胧神秘还可以朝着虚拟的比特之海丢出写着心意的漂流瓶。所有的支付，租房、购物、游戏软件都希望我们在忙活正事的同时顺便交友，如果以上皆不入法眼，你甚至可以上淘宝去租一个——别想歪，他们只会活在你的微信里，在你偶尔寂寞的时候用男神音或者萝莉嗓为你排忧解闷；再多付一点钱，他们甚至可以每天定点打电话给你，甜言蜜语地哄你起床。

相较于情爱获取渠道的便利，关于爱情的想象却空前狭窄。如今最受欢迎的“甜宠剧”，批量生产，符合ISO9001国际质量体系认证的标准，套路圆满，绝对纯净。一般来说都是这样的：好男好女，命中注定，三生三世，不离不弃。爱情已经摈弃了发生过程，也不屑于什么误会波折，就算有冲突，那也是外在的、客观的，不是小三妄图挤进我们之间，就是天降灾祸要将我们拆散。但即使如此，彼此之间的感情也绝不会动摇，也不会有怀疑，就是爱，深爱，绝爱，一直到大团圆结局，从一而终。

仔细想想，这倒的确是顺应时代精神。琼瑶阿姨的“泼天狗血”放到二十一世纪的第二个十年是如此的格格不入：曾经百发百中的门第、金钱、伦理三板斧，没有一个能击中零零后年轻男女们的命门。他们是如此优越的一代，父辈人均小康生活富足 成长顺风顺水甚少挫折，家庭美满幸福不缺爱，自然就不会歇斯底里地抢夺爱。00后们嘲笑上一辈的“你只是失去了一条腿，紫菱失去的却是她的爱情啊”，因为这种高于一切、贵于一切的爱看起来反人性又疯癫。“给你五百万离开我儿子”也贻笑大方，00后们只会回以轻蔑一笑说：“阿姨，我家还不缺这点买菜钱。”你我各自高贵，门第对等，恋爱双方还要“双洁”，彼此都珍藏着所有的第一次，只等唯一的真心人来解封。《倾城之恋》离了婚还要恋爱自然流于下等，连祝英台追求梁山伯也因为之前曾定亲于马文才而失之不忠：“人家也是青年才俊、有钱有势、清清白白的好人家男孩，祝英台这个女的真是天生淫贱，不识抬举。”

这个时代的爱如此公平、正确又轻盈，仿佛四重安保的游乐园过山车，百分百安全的纵情享乐。可是，实情真的如此吗？

不谈断崖式下跌的结婚率和生育率，光是缔结长期稳定关系这一步都成了全世界年轻人面前的一道坎儿。

日本进入令和元年，诞生新名词“三朝处男”，意即横跨昭和、平成、令和三朝依旧没有恋爱的单身元老。韩国则出现“五抛世代”：年轻人抛弃恋爱、结婚、生育、人际关系和购房，独自一人生活在世间。中国有“佛系青年”坐镇，何为佛？无欲无求，随遇而安，在哪里跌倒就在哪里躺着。想爱吗？想啊，小嘴叭叭的，在微博、朋友圈，包括但不限于任何一个社交媒体上“嗷嗷待哺”，但为了去爱会主动做些什么吗？“哎呀你说啥？听不清等我再躺一会儿。”

社交网络再便利、再迅捷也没有用，人人皆是有愿望，无动力，目标远大，眼高手低。

也不能怪他们，仿佛是过度压抑的代偿机制，古时候君臣、父子、师生之间动不动深情告白、要生要死、割肉卧冰，他们的爱被歌颂、拔高、神化到让人隐约怀疑断袖之癖、逆伦背德的程度，但正经男女之间却又要守礼，授受不亲，哪怕老夫老妻了也得相敬如宾，举案齐眉。看清朝人写的《海上花列传》，丈夫们要老婆贞静贤淑，“做个人家人”，却又自觉乏味，想寻求恋爱还得去烟花柳巷，动不动一个“长三先生”（女艺人）处个五年八年，吵架动手了也不翻脸，隔天仍旧过来坐坐谈天，完全不为寻求刺激，就是享受扭曲的，但真实的“恋爱感”。而书里的女人们宁肯继续做着皮肉生意也不想早早嫁与恩客，即使她们有十成十的把握也不想，因为当妓女至少可以自由地痴缠、妒忌，平起平坐地跟男人吵闹，成了太太却反而失却了这样爱的权利。

而恋爱要怎么谈呢？别问，问就是逛街，看电影，冰激凌，滤镜美拍，网红餐厅，五星酒店。间或再加上送花，送包，送球鞋，送“出生到现在每一年的生日礼物”，然后一起海外旅行，重复上述步骤的每一项。

以上的全部，都来源于剧集为了画面好看、情节突出而进行虚构设计的行为、动作与画面，来源于网红为了出片率和“10万+”爆款恩爱文而营造的仪式感。无数人跟风模仿，为复刻出了那个同款瞬间而感到惊喜，但这份惊喜的糖精甜度太高了，后味却是苦的，恋人们在无数的平常日子里烦躁并迷惑：我们这到底算爱吗？我们之间到底还有爱吗？如果有，应该怎么证明呢？

无法证明，因为它们都不是“谈”，但谈恋爱，其实核心精髓就在于“谈”的。

就像二十世纪九十年代黄金时期的日剧那样，“恋爱”是一个话题，男男女女都要谈，用心谈，在每一次交流与试错中共同进步。《东京爱情故事》即使在今天被翻拍也掀不起大波澜，与其说是因为剧情老套，不如说是现代人已经失去了探讨普通人恋爱的耐心。这个时代不屑于“普通”，一切都要鲜、艳、燃、炸，每个人都只有五分钟的机会吸引眼球，只有可秀的才是可爱的。但太过鲜明也就意味着界限分明，失却了爱情混沌而纤细的美感，更剥夺了恋爱最重要的功能之一——我们相爱，不仅是为了享用恋爱中分泌多巴胺与催产素而带来的幸福愉悦，更为了通过与别人密切相接而打磨棱角，认识人性，明辨自我，折射别人。“你原来是这样的人啊，我原来是这样的人啊”，爱人的眼睛是最好的镜子，帮忙互相挖掘不为人知的优点，直视彼此的虚伪和懦弱，从而成长为更好的人。在一起重要吗？当然，可如果不能在一起呢？成熟的爱人，会理解，会前行，并选择与旧爱互相欣赏。

人生是漫长而丰富的，爱情只不过是其中的一线风景，这种大方与勇敢，我想正是摩登时代的情爱里最最欠缺的一课。

工作是我们人生中一个巨大的悖论

gong zuo shi wo men ren sheng zhong yi ge ju da de bei lun

有工作时厌工作，没工作时想工作。

有人跟我说上学那会儿也这样，开学盼着暑假，暑假盼着开学，我觉着还是不同。上学那会儿还不懂世道险恶，上学这条路是父母逼的或者说整个社会逼的，你只是一个雪白的豆包被丢进了应试机制的滚滚红尘一去不回头。但工作，是你自己逼自己的。

逼自己去大城市，逼自己进大企业，逼自己在三十岁之前攒够一辈子的钱。成功的人那么多啊，鸡汤公众号里一天就有好几百个，看一整年都不带重样的，为什么我就不能是其中的一个？多少人把这份自信塞进行囊里，投简历面试上岗，开始了梦想打工仔翻身做主人的一生，但接下来发生的事情，简直比最恐怖的恐怖片还要恐怖。

记得上班第四年，我在一号线站台等地铁，赤裸裸的铁轨像切开的肠子暴露在面前，隧道尽头反射着渐亮的车头灯光，列车呼啸而来，裹挟着腥热的风。车厢最终停下，长长的“嗤”的一声，好像是打卡下班的“社畜”们同时松了一口气，然后又是同样的内容：里面的人想出来，外面的人想进去，人群像是大雨下的蚂蚁军团，努力遵守着排列的秩序却又不断被冲散。这画面在我脑子里存了好久，因为它简直是一个二十一世纪的寓言故事——在飞速前进的时代洪流里，无论人选择进来还是出去，都是嘈杂的、闷热的、拥挤的、无数肉体挤成一锅汗渍的沙丁鱼。

想当初谁不是坚信自己不会踏上父辈的老路，踌躇满志地踏入社会，兴奋膨胀的灵魂恨不得随时喷涌而出，如白鸟扑啦啦地冲出竹笼，几年后却懒洋洋地坐在工位上，忍着满心的倦怠敲打无意义的键盘；谁不是对世界充满好奇与渴望，随时向往诗与远方，结果到今天远方还是远方，只有行李膨胀成了一个庞大的体系，想要征服的版图龟缩在角落里，慢慢萎缩成脱水的尸体；谁不是和死党约定一起闯荡一同对抗世界，却不断有人找着各种借口逃离进体制或家庭，最后漂着的单着的只剩自己。夜深人静忍不住自问自答：这算坚持吗？还是仅仅只是固执？是信念的力量，还是习惯成自然？是一往无前的热血，还是仅仅只是不知变通，不想对更成熟的人生负责？

我们的思考一无是处，闹铃一响还是要乖乖套上工服去上班。大城市大企业就是一个让你吃不饱也饿不死的冷血机器，吞进二十岁的，吐出四十岁的，运气好点落一套房子一个孩子，运气不好的存折里就剩下三位数——包括小数点后面两位。有人说其实工作还是有成就感的，有人说至少挣到钱能让自己快乐，但做成一个PPT真有我们幻想中那般无价吗？它真的有产出什么实际效能吗？而钱，钱又能买到多少快乐呢，是高级餐厅瑟瑟发抖的冷气里一盘分子料理吗？是挥霍成百上千的氪金（游戏中的费用）捞上来的一个SSR（手机游戏中稀有程度最高的一个级别）吗？这些快乐多像是我们自己施舍给自己的，是我们对那个在工作里千疮百孔的人生给予的一点象征性的补偿，因为这个人生跟我们曾经梦想的那一个，的确是差得太远了。

当然了，错也不能全推给别人，就像我们小学老师说的那样：“一个巴掌拍不响，你就不反思反思你自个儿？”是，我承认，我确实犯贱：找到了感兴趣的工作嫌工资太低，找到了高薪的工作嫌不够有趣，终于有个两全其美的来了，又要挑剔路程太远同事难看办公室椅子不符合人体工学。也许是生活中能让我发表意见的地方实在是太少了，所以我对于自己的工作地点是否在CBD、是开在商住两用公寓还是5A写字楼有一种古怪的虚荣心。另一个犯贱的点在于，明明上班是一件如此无聊的事情，可我却常常生活在某些别有用心的、人为制造的幻象里——假装自己是杜拉拉，假装自己是港剧女主。如果失业超过三个月立马失眠、恐慌、自我怀疑，看着屏幕里主角们喝着咖啡半夜三点焦头烂额加夜班的画面居然还能生出一丝莫名的艳羡来——天知道这些跟我有什么关系。人家的那一切是事业，而我所有的，不过是自己不知道为什么要做，也不知道最后能做出什么结果的一摊子稀泥。

那么跳槽呢？身为一个无背景、无超能力、姿色平平、一切刚好踩着及格线的办公室动物，跳去大企业注定是扮演一颗小螺丝钉，跳去小企业又敝帚自珍，担心小庙装不下大神。甚至连跳槽的原因也是如此尴尬：工资比新来的同事低了两百来块，顶头上司脾气不好，或者干脆只是一个地方待久了心里发腻。其实大家心里都明白，下一个公司，再下一个公司，都不是快乐上班的伊甸园。每一个新公司的HR都会问职业规划和职业理想，其实多少人想直白地说出“钱多，钱更多，除了钱更多我就没啥好规划的了”这个发自肺腑真诚无双的诉求，“来吧，拿钱买我的时间，拿钱买我的尊严，拿钱买我的健康快乐情绪稳定”。

工作啊工作，我也想面朝大海春暖花开，我也想隐居山坳辟出一块小田，我也想什么都不管背着背包流浪三五年。但是这一切都跟业绩无关，跟吃饱饭无关，跟暂住证社保医保早八晚六的地铁公交车无关。没有富一代的爹也没有嫁给富一代的妈，我们注定还要在这个滑稽的悖论里继续翻滚，直到某年某月的某一天，一起领了人生戏剧的散场便当。

美丽的界限

mei li de jie xian

{ }

近两年，一种奇怪的保守主义席卷了我们的日常生活：集合八亿网民的中文互联网开始对女孩的一切品头论足，首当其冲的便是最直观的穿衣与仪态。“穿得露”突然成了伤风败俗的根源，“露多少”的标准也在逐渐紧缩——昨天暴露饱满的乳沟和大腿根是不知羞耻，今天在裙子里穿上安全裤撅一下屁股就能被打成荡妇，连存在了数百年的裸女雕塑与古典油画也会被封禁删图：“裸露，不雅，教坏小孩子”。

有人说当今时代的一大奇观就是80后劝00后不要当个老古板。为什么“前浪”反而比“后浪”要自由开放？我想那大概是我们的“前前浪”比较给力，奔涌着替我们冲开了一片宽阔的水域吧。

其实我们这一代的家长们并不完美，硬要类比的话就像工业革命前夕的大英帝国，“这是最好的时代，也是最坏的时代”，君主独裁与资本民主反复拉扯，一边行使着代代相传的棍棒底下出孝子的天赋主权，一言不合就开打；一边又被电视机里的港台欧美新派家庭模式搞得瞳孔地震，心情一好也能放下爹妈的包袱跟孩子之间称兄道弟，把酒言欢。各家父母有各自的雷区，从晚归的门禁到男同学交往的尺度，每一扇防盗门后面的小帝国都自有其规章法制，但唯有一条似乎是一致默认的：没人管你是怎么打扮的。

光在我记忆中，青少年的时尚就滚过了好几个轮回：先是健美裤，五颜六色带踩脚，越鲜艳越好，泛着金属反光的实属上佳，饱满的臀部和紧实的大腿一览无余，好像也没谁想起来要遮他一遮。然后是人手一条的低腰牛仔裤，也是紧，又紧裆又短，全靠对下半身的包裹才不至于从过低的髋骨上掉下去。有一阵最时髦的是模仿当年的王菲与范晓萱，紧身小吊带配拖到地面的大脚裤，头发剃成板寸，耳钉要多，所以耳洞也要多，手腕要挂一大把五颜六色自编的彩绳。听起来夸张出格，可那时候满大街都这样，没人觉得肩膀头子前胸肚脐外露有什么好羞耻的，也没人跑来说“女孩子头发怎么能比男的还短”。那时候还没有手机相册，我妈亲自领着我去理发店，亲手跟剃头师傅比画造型的重点，打耳洞的时候跟老板讨价还价：“十块钱一个钉太贵了，少点吧？”推拉半晌，最后各退一步，二十五打三个，下次再来可以打折，打几个送几个。可惜我实在忍不了痛，三枪下去已经痛得头昏眼花，大半个月都没缓过神来，自此成为人生阴影，那更上一层楼的炫酷机会最终也没去兑现。

校服当然有，可我们也能随着潮流变化尽可能地改造它——成套的运动服订大两个码，裤脚拆掉原本的松紧做成阔腿的，再安一个带卡锁的抽绳，随时可以撸上小腿变成七分灯笼裤穿。衣服袖子要长过手背，将将好露出一点指尖，大概取的是我见犹怜的可爱感。夏天又要反其道而行之，POLO衫与白短裤要尽量订得合身，上衣最好是改成收腰的，裤子也要收，收到宽阔的裤腿能捏个褶，打眼一看以为是条小裙子，扎起来腰是腰腿是腿，一寸不多，干脆利落。手巧的家里有妈妈姨姑亲自下场，手不巧的如我家里妈妈也会带着一起找裁缝，倒也没见谁不耐烦，更没听说“不好好读书，搞这些有的没的”。妈妈们的口径出奇地一致：“年轻就是要穿呀，小时候不爱漂亮什么时候爱漂亮，老了再打扮都成老妖怪了。”

听起来倒是肺腑之言，还含着一点辛酸与委屈。确实，谁没有年轻过呢？我妈说她二十出头正赶上改革开放，单调乏味的劳动布被五颜六色的“的确良”冲下历史舞台，人人都想穿，敢穿，随心所欲地乱穿。那时候也没个时尚杂志网红博主，靠的全是个人审美趣味。我翻家里的古早照相簿，年轻的妈妈穿梭在景点、公园，或是站在当年最时兴的三合板组合家具和黑白电视前面，恨天高，蛤蟆镜，曲线毕露的无袖裙，笑得见牙不见眼；也有“Tomboy”式的中性风，宽松白衬衫和棒球帽搭配破洞牛仔短裤，头发也削得很短，越短的头发要用越夸张的饰品来配，一寸来长的大金耳环把耳垂都坠红了。还有一张沙龙照，一看就是特地去照相馆拍的，只穿一件裹胸，莹白的膀子和前襟骄傲地炫耀着，怀里抱着一顶巴拿马风格的大草帽。我问她为啥跑去拍这个，她说：“那时候怀着你啊，觉得自己怀孕了还这么精神，应该要拍个照高兴一下。”原来我就在那帽子底下卧着，还毫无知觉地跟初代“时髦精”合了一次影。

当然上一辈的时尚之路也并不净是鲜花与掌声。他们遇到的第一个拦路虎是穷，一个月几十块的工资，再怎么省吃俭用也很难月月翻新地打扮。我妈说她以前与小姐妹最常去的就是南门口的一条街，买“外贸货”，说穿了其实就是今天的洋垃圾。搁现在肯定是没人稀罕了，可那时候商店里品牌少、价格贵，款式也“一言难尽”，只有这些堆在地上论斤卖的二手古着价廉物美。我记得家里有个红色的大脚盆，夏天给孩子洗澡用的。

那阵子盆里面不时地就出现一件大红毛呢大衣或格子宽肩西装，搁些酒精肥皂水一宿一宿地泡着，污渍是其次，主要是疑心携带着虫或病菌。有一件水绿色的高领毛衣，大概是纯羊绒的，柔软得跟云朵一般，胸口挖出一块倒三角，时髦俏皮，正好能展示璀璨的项链坠子，可惜泡完晒干之后缩水成了一件童装，而且似乎最后也并没有轮到身为儿童的我来穿。

其次，身边的环境也并不怎么友善。爸妈的爸妈都生在1949年以前了，理直气壮地散播“封建遗毒”。对于我妈那个华丽招摇的个人风格，外婆说得最多的一句就是：“你要是以后不进四科，我跟你来姓。”四科是我们那儿劳教所的通称。大概对于老太太来说，不穿“正常”的衣服就约等于犯罪。家里尚且如此，外面就更不必说。我妈回忆说，那时候单身男女晚上去岳麓山坐着谈恋爱都要被手电筒照的，还有不知道是什么单位的中老年爷叔过来查身份证：“结婚没有？哪里上班？你们这个样子，有伤风化。”妈妈和妈妈的小姐妹们不懂“风化”为何这么脆弱，电烫卷、包臀裙和男朋友都能伤害到它。她们健康、强壮、无所畏惧，在电动工具厂的车间流水线上证明自己的实力，我妈还成了“厂里的劳动标兵，唯一跟男人拿一样工分的女工人”。这种强大足以支撑她无视任何角度的荡妇羞辱。

大胆奔放的湖南妈妈们孵化出了大胆奔放的下一代，虽然我作为天生死宅大多数时间都是睡衣家里蹲，但“我穿我的，干卿底事”的宗旨还是分毫不差地传承了下来。

“女孩不能暴露，女孩不能性感，女孩不能太中性，女孩要站有站相坐有坐相”，底下的潜台词是对性别的歧视与规训。因为一切“不得体”

的背后无非是男性视角划定的标准——不是令人联想起性暗示，就是完全抛弃了性暗示。至于男人们呢，穿条裤衩都能出街，好好洗澡清除体味对他们来说都算是高标准严要求。什么时候大家能明白，女性如何穿，唯一的理由就是她们想这么穿，她们打扮是因为发自内心地爱自己、爱美。就像我妈那样，即使挺着六个月的肚子，也可以光彩照人地自我欣赏，并留下骄傲的永恒影像。

ACT III

外婆的葬礼

wai po de zang li

{ }

1

电影里凡是死人的情节十有八九要下雨，看多了难免觉得套路可笑，但外婆过世那天，确实是下了雨的。

中部城市的冬天阴湿且冷，灰色的，凝聚着浓厚水汽的天空压在头顶，强风搀着雾气，吹到耳朵尖冰凉发硬，手摸上去都不像自己身体的一部分。我从干燥的北京搭早班机赶回来，打开车门的第一脚就踩进了水坑里。鞋子没湿，身体却条件反射式地翻起一层鸡皮疙瘩，像是大冬天洗淋浴先放水，被瓷砖地面反溅到冰寒的水滴，避无可避。

“遇水则发。”我妈说。她特地打着伞从巷子里出来迎我，一是挡雨，二是盯着我不要“行差踏错”：不要说错话，不要拿错东西，不要去错方位，等等。老一辈的葬仪里充斥着诸多讲究，宛如最高级别难度的马里奥闯关游戏，处处是陷阱，时时是挑战，错一步满盘皆输，只有最虔诚、最谨慎、最坚强的选手能够走到最后，赢取命运的奖励。

记得从前看书讲到古代宗教输入中原，大多数都要被改造、同化，因为比起天堂和涅槃，中华民族更乐意追求现世的幸福。庙里的菩萨可以求财求福求平安，同样吃香火的先人自然也可以。而我的长辈们根据不知道哪里来的规矩，似乎认定谁在最后这几天表现得最好，谁就能得到这位刚刚驾上鹤的老太太偏心眼的“宠爱”。

我妈目前在赛道上领先一个马身。

“你外婆走的时候是我送的最后一程，你那些姨都站在外面，说是怕。噢哟，自己的妈怕什么，怕亏心哦……反正我跟她讲了，我也不图你什么，就记得一个，上去了要保佑我和我的女。”妈妈的语气里有藏不住的骄傲。她家里有兄妹五个，彼此的关系还不如楼上楼下的邻居，还是不太熟的那种。姨舅们已经龃龉了很久，上个月，为了外婆是否要进ICU；去年，为了外婆是否要去更好一点的老人院；再往前，还有老人住谁家、谁照顾、谁擦洗、谁做饭，互相推诿，拉拉杂杂扯不清搅不匀的一摊浑水。我妈是老小，脾气却最大，面硬心软，眼里又揉不得一点沙子，所以多年以来，属她讨喜最少，“擦屁股”的烂事却干得最多。

“讲到底还不是为了钱。”早些时候，妈在电话里抱怨连发，“他们要把黄七娭毑送月亮岛的老人院去，我跑去看过，破破烂烂的小房子，猪啊狗啊的都关在一起，现在的这个，贵是贵了一千，但是舒服啊。说起来黄七娭毑这人简直是不惜福，山清水秀小别墅住着，她还要闹，啧啧，闹走两个阿姨了都，人家院长三天两头给我打电话，说她要上吊，后来被吵得没有办法，我只好去签字画押，写明了老太婆死在这里，你们不要负一点责任……”

我嘴里含着零食，嗯嗯啊啊地听着，心里想的是：她还不是要闹你们去看她。

但是我知道他们都不想去，我自己也不想去。那个被称作“你外婆”或者“黄七娭毑”的老人，从来没有真正进入过谁的生活。也许是因为她本来就不怎么喜欢小孩，也许是子女太多家境又太差，让人打不起精神来疼爱，在我妈有限的童年记忆里，她总是被提着火钳乱打，得病了也不给好好治，以至于脸上留下了一块破相的疤。等到下一代都成年了，外婆又迅速把儿女和儿女的儿女拒之门外，只认钱，不认人，自己抽抽香烟，搓搓麻将，乐得逍遥。

——除了人生的最后一程。

大概是孤独感终于找上了她，就像极夜找上了阳光普照的海岛。只可惜儿女不是电灯，几十年默默荒废在路边，需要的时候摁一下就会亮。

“我十六岁就被她赶出家门，”妈还在电话那头愤愤不平，“这么多年，一家人连年夜饭也没一起吃过……”

谁都有对她的不满。我也想起当年被寄养在她家，只要遇上留我一个人在家的时候，外婆一定会当着我的面锁上除了放书桌的小厅以外所有的房门。

现在她的房门倒是大敞四开着了。

2

办白事，在湖南叫“弹四郎”，有一套工业流水线一般标准的程序，吹拉弹唱、哭丧凭吊，都有专人过来指导安排。拐进外婆生前住的巷子里，香火气卷着唢呐和鼓点声扑面而来，庞大的雨棚塞满了狭窄的院坪，供桌、仙鹤、香火炉在烟雾里半明半暗，像误入了什么神秘洞窟。司仪是个中等个头的方脸男人，盘在一张折叠凳里啜着邵阳大曲，见人来了，二郎腿利索地一放，手里的烟头弹出一个漂亮的弧度，抄起话筒就来了段花鼓戏似的唱喏。拉长的腔调古意盎然，可惜，我一个字都听不懂。

与此同时，灵堂里多出来一大票没怎么见过的表亲，打招呼，问配偶，此起彼伏的“哎呀都长这么高了呀”，即使我已经十几年没有长过个儿，“结婚了要叫我喝喜酒啊”，即使连我妈都认不出来这人是谁。长八张嘴都应接不暇的空当，还有人塞给我三根香、一个供果，又有人拉着我朝这里敬，向那里拜。我稀里糊涂的，跟个拉磨的驴似的团团转，最后我妈从背后推了我一把，扑通下去，“咚咚咚”三个响头。入场仪式总算告一段落，而葬礼，从这里才算拉开序幕。

之前的客厅现在被清空了，正中央停着棺。迎门的那头放着一只黑公鸡，是布缝的，鹅黄色鸡爪里填了棉絮，粗粗壮壮地垂到地下，倒有种笨拙的可爱感，教人暂时忘了它原本是用来辟邪的。自打成年以来我第一次看见真的棺材，没想到却比影视城里的三流道具还假，深赭红涂裹着粗糙木料，接榫处毛刺刺的，荒谬的不真实感让人忍不住想要伸手摸一摸：就是这样的东西装着一个人的最后一程吗？

当然是不能摸的，“闯关游戏”攻略第24条：棺材不能碰，“冲撞了”要倒霉。

其他的“要倒霉”事项还包括相克的生肖不能进灵堂，来月事的女人不能跪拜，说故人要说“去了”“过身了”，不能说“死了”“没了”，火盆里的火不能断。几个姨和表姐已经排好了班，有的折纸有的烧，人人的脸都是黑黄的，我以为是哀思所致，或者是前一晚守夜熬狠了，妈却跟我咬耳朵：“刚你二姨又来吵，说要把外婆剩下的那点钱存她账上，不肯一次给三姨，哎，拢共几十块的利息，真是‘苍蝇屎’也不放过。”

三姨是我妈上面的姐姐，小时候得脑炎没及时就医影响了智商，记忆里她总是斜着一边肩膀，说不出囫囵话，大冬天出门也趿拉着双毛拖鞋，脏得看不出本来的颜色。此刻她也蜷在火盆旁边，眼睛半睁着，不知道是醒还是睡，她清楚自己是这场迷你遗产大战的中心吗？她知道这是因为外婆“去了”吗？她理解什么叫“去了”吗？如果她理解，她会为这个生前不怎么在乎她，死后却给她小小垂怜的母亲哀恸吗？

到现在为止，还没有看到一个人哭过。

3

午饭过后，“弹四郎”正式开场，亲眷们都被集合起来，不管关系好坏、亲疏远近，通通被塞进厅里，密密匝匝五行六列，像一群等待升旗的小学生。两个助手负责调派乐队，勘定方位，司仪扯着话筒线等在一边，脸庞喝成了枣红色，因众人目光的聚焦而挺胸抬头，间或漫不经心地清清嗓子，颇有点巨星登台的得意。

“待会儿注意听口令，叫你哭，你就哭。”妈小声跟我说。

“啊？哭不出来怎么办？”万万没想到哭也是“攻略”的一环，可眼泪这种东西要这么容易来，女明星们演戏就不需要眼药水了。

“做做样子嘛。”她话音未落，司仪拉长的古腔已经开始了，唱词悠长而荒凉，说一句，唢呐和鼓点奏一段。再说一句，这回没有奏乐了，大人们也愣着，你望我，我望你，直到一个助手在旁边小声“翻译”道：“这里要跪。”

人群如没摆放好的多米诺骨牌，拉拉杂杂地矮了下去。我松了一口气：看来也不是我一个人听不懂。

有了一轮演练，接下来的部分就流畅了许多。

司仪唱一句，助手小声翻一句，后排跟着前排，前排跟着助手旁边那个，几个回合下来，我甚至还能找到一点跪下、磕头和站起来的节奏感，一——二——三——四。连之前觉得最难跨越的哭，真轮到的时候也发现它并没有想的那么难，毕竟没人挨个检查，也没有特写镜头，此情此景出声比掉泪体面，也更容易。号啕，呜咽，嘤嘤嘤，只要不笑，想干什么都随你。

偏偏这时候我听懂了司仪唯一的一句话:“孝子贤孙，思念母亲，奏——《世上只有妈妈好》!”

笑就是这样，越是不允许的地方，越是屁大点事情都忍俊不禁。加上唢呐吹出来的儿歌实在是够荒腔走板，我低下头，忍得浑身都在抖，再往旁侧瞟了一眼我妈，她也低着头，窸窸窣窣的，被我发现了，还在我腿上拧了一把。

要是现在所有人一起笑出声，可能反而更像一家人吧。我胡思乱想着，冷不防身边的二姨突然跳了起来，一边大哭大喊:“娘啊——!娘啊——!娘——你不能走啊!”一边勇猛地朝棺材扑过去。其他几个儿女大概没想到还能这么加戏，个个脸上都是错愕，间中还掺着一点懊悔，毕竟今天已经临近孝子积分的最后期限。只有我妈沉着冷静:“别让她撞了棺呀!那可是重煞!”果然二姨一个急刹，被周围两个亲戚手忙脚乱地过来给架住了。一比一，扳回一城。

小风波很快平息下去，混过十来分钟，仪式便结束了。

接下来是惯例的表演环节，且歌且舞，闹个整晚。不知道其他地方的风俗如何，湖南的丧葬表演似乎并不寄托哀思，反而意气风发，积极向上，热门曲目包括《好日子》《走进新时代》《向天再借五百年》，让人疑心这究竟是当事人没活够的心声还是家属们掩藏不住甩脱包袱的快乐。我妈没日没夜地操劳了好几天，被吵得头疼，就带我躲到邻居出借的小厅里烤火。

“今后妈妈过世，你可千万不能给我搞这些。”她盯着炭盆，漫不经心地开口，我正拿着红薯片吃的手停在半空，“抢救也不要，插什么管，一看就痛死了。”

“墓地我也不喜欢，到时候你就给我找一株漂亮的花、一棵漂亮的树，把我埋到下面。”

我没料到这么早就要谈这些，对我来说，妈妈是大人，外婆是老人，还是一个跟我并不太亲的老人。老人总是要故去的，可妈妈不会。

但扳着指头一算，妈已经五十好几了，连我都三十出头了，虽然吃饭时还能泰然自若地张嘴接她喂的菜，但我妈在我这个岁数，都已经把我拉拔进小学了。

死亡迫近的速度比我想象的还要快。

4

第二天清早，我跟我妈按预约好的吉时赶去火葬场，这也是攻略的一部分：“按吉时烧了入土，子孙发家旺财。”天刚蒙蒙亮我们就在广场与亲戚们会合，人是前所未有的齐，果然“发家旺财”的吸引力还是很大的。也许是马拉松一般漫长的折腾终于跑到尾声，所有人脸上都是长舒一口气的轻松。矛盾、纠纷、意见不合都被抛到脑后，此刻只有低声询问彼此“吃过没有”“睡得好吗”，客气得仿佛接见外宾。

我是平辈里最小的小孩，家里老人许多连面都没见过，加上在外多年，没赶上任何直系亲属过世，进火葬场这是头一遭。

踏进大门，原本脑补的幽暗诡秘一点没有，反倒像哪家三甲医院的接诊大厅：白白亮亮的日光灯管，仿大理石花纹的地砖，暗绿的阔叶盆栽，LED牌子滚动叫号，下面一个四四方方交接文件材料的小窗口。火化场地在地下一层，也是一样的日光灯、大理石地砖、盆栽，不同的是拉起了一长溜钢化玻璃，外面站着活人，里面躺着故人。里面每人头顶有一个电梯似的双开金属门，按钮一按，遗体就被传送进去，简洁现代得让人找不着死亡的实感。

几个姨舅再次因为“我怕”没有下来，于是外婆在人间的最后一刻，面前是永远负责“擦屁股”的我妈、脑子不太灵光的我三姨，外加多少怀着点好奇心的我。隔壁排在前面烧的是个老爷爷，子子孙孙跪了满满一地，哭声不绝，等轮到我们，三个女人好像都没有要跪要喊的意思。负责火化的工人问了一句：“还有什么要说的吗？没有就送走了。”我妈才跟回过神来似的拉着我鞠躬，一边教我：“说外婆好走，外婆一路平安，外婆要记得保佑我们，我们是最后送你走的人，南无阿弥陀佛。”我努力背诵全文，头还没来得及抬起来，机器已经启动了。

红灯亮，开门；绿灯亮，点火。

一直到那扇门完全合上，身边才传出迟疑的哭声，是三姨，她终于明白了。

5

刚烧出来的骨灰是热的——这很容易理解，但似乎很反常识。我看着舅舅从那个窗口里接过外婆最后的一点遗迹，骨灰袋在接近零度的室内冒出一阵热气，甚至还有点烫手，因为他很快就将那个袋子放到了隔壁的柜台上，玻璃柜陈列着各式各样的葬仪用品，完美承接下一步的仪式。见我们都围了过去，穿着紧身旗袍的售货员不失时机地过来推销骨灰盒，基础款所费不贵，也有雕龙画凤镶金嵌银的，见几个大人面露难色，马上又补充说“太好的也不能乱用，不是大官显贵压不住，反而睡不安宁”。

于是最终定了中等价位的经济适用盒，大家集体松了一口气。刚要合盖，售货员又端过来一托盘玉石刻的小人、动物、元宝、如意啥的，说是神女瑞兽，谁掏钱放进去就能保家族平安、发家致富、准生男孩之类。这下几个姨眼睛亮了起来，争着抢着要给自家多放宝贝，拉扯了半天，最后决定按人头每人一个，我妈跟我按年龄排在最后，等轮到的时候盒子里的祥瑞都快溢出来了。“放什么好呢？”她问，我正在四处乱逛，看到柜子里还放着微缩版的麻将和中华烟，精致得像玩具手办。“这也能放盒子里啊？”“能啊，老人家也有爱好的，带过去多好玩。”另一个售货员不避嫌地当着我面嗑瓜子，紫红的唇膏印子沾了一点到牙齿上，看着倒是挺亲切，在这一片肃穆的环境里难得的热络活泼。我跟我妈对视一眼，点点柜台：“就要这两个。”

虽然几个姨难免要说怪话，但手办香烟和玩具麻将到底被神女瑞兽环绕着，成功被封存进盒子里去了。接下来算钱，平摊，刷卡，人货两清，下葬的墓地稍后安排，到这里为止，我们算是完完全全地把外婆送走了。各怀心思的黄家人就地解散，我和我妈最晚离开，手牵着手走出大门去吃早饭。

“行了，做成这样，你外婆也该知足了。她的钱，我一分没让乱搞，她的人，我伺候得服服帖帖，最后走得也风光，吹吹唱唱，儿孙满堂，最喜欢的东西也给她带上了……你知道吗，她过身前打算塞钱给我，我没要。我说，我照顾你，不是为了钱，是为了亲情，虽然你一辈子也没给过我——”

妈的声音在半途梗住，我连忙用现学的游戏规则安慰她：“别伤心，你不是说吗，我们做得这么好，比几个姨和舅舅好多了，以后外婆会保佑我们的。”

好像是为了印证这句话似的，我们往前走了几步，地上突然看见一块钱，折成端方的长条形，沾湿在水里。

再往前走，是五块。

再往前走，还有两块。

再往前走，是四个一角，一个五角。

我们像寻宝似的，一张一张把这些钱捡了起来，算起来正好能嗦两碗粉。街上已经很热闹了，前后的路人来来往往的，可是除了我们，好像谁也没看见。

“拿着吧，这是你外婆给的。”我妈瞪着天，针似的冻雨还在飘着，但她脸上似乎有什么松动开了。

“你是已经上去了是吧？上去了好，上去了没病没痛，高高兴兴的，这里没什么事了，你放心走吧。”妈妈呆立了半晌，把脸转向我：

“女啊，我的妈妈没了。”

这是我第一次听她叫妈妈。迟到的眼泪混在雨水里落了下来，虽然葬礼已经过去，但哀悼，好像此刻才正式开始。

生病记

sheng bing ji

{ }

缠绵是个好词儿，但加上病榻两个字就不是那么一回事了。

作为城市贫民家的女儿，强悍的灵魂和“抗造”的体魄是必备的，就好像进游戏选了困难模式，出装自然得多加防御值。小时候的我，野草一根，辗转被寄养在外婆家、大姨家、二姨家。说是寄养，其实无非是给一个床位，大人们也忙着讨生活，自己家亲生的儿女尚体贴不来呢，何况是又隔了一层的。于是常年标配给我一碗白饭两个蛋，睡醒了自己端着找邻居炒去，什么维生素蛋白质，什么营养均衡，不存在的。

饶是这样，我也平安地发育出一个骨架粗大的壮实身板，几乎没有重病的概念。要说危险不是没有：四五岁淘气跟小伙伴扔石头玩砸到眉骨，头破血流好大个包；七八岁一群小学生跑到工地，蓄水池上搭块竹子钉的踏板，脚一踩两头嘎吱直颤，我从那上面掉下去，一身棉服吸饱了浑水，顶着冬天的寒风走路回家，冻得四肢都没有知觉；摔过，烫过，溺过水，触过电，也滚下过楼梯，还误食过外用药，甚至连骑自行车都曾被汽车碰过也碰过汽车……

然而就是，不生病。不但不生病，连伤了也很少去医院。大人们说没必要，我感觉大概率是自认去不起，毕竟在上一辈人的认知里，医院是连感个冒都要给你做全身CT的坑人玩意儿。能走吗？能走。看得清路吗？看得清。行了，红花油紫药水搽一搽，一边玩去吧。从很小的时候起我就不知道打针是怎样一种体验了，吞药片的机会也有限，以至于别的小孩哭天抢地用生命拒绝治疗的时候我基本不哭，不但不哭，还略有些羡慕，毕竟那是难得的、全家人都围着自己转的温馨场景。

十几岁的时候又流行过一波海外舶来的“病弱”潮，从《蓝色生死恋》到什么《神啊，再给我多一点时间》《一公升的眼泪》，加上《萌芽》杂志培养出的青春疼痛审美，好像人不得个绝症就不算一个百分百纯血美少女。很多人笑鲁豫那时候在节目里讲的话，她说：“我不知道胃疼什么感觉，但是一直觉得有胃病的女人很优雅。”怎么说呢，本初中生也是这样想的。倒是不用死掉那么极端，得个什么心脏病、哮喘，哪怕贫血都是很时髦的嘛！各色缤纷的药丸药片，怯怯弱弱的体态神情，到哪都有人对自己额外照顾，体育课可以名正言顺地不跑步，不舒服了还有班主任指定的男孩子（通常都挺高挺帅）送回家……

可惜天不遂人愿，整个求学期间，我唯一患上的只有近视眼。

再大些，刚工作的那几年，似乎也不怎么病。异地他乡的没个大人在身边，过足了脏摊烤串麻辣烫的瘾，顶着风、雪、土、雨每天转三趟车上班，十几个小时连轴转地加班，浑身上下浇透了去厕所拿烘手机烘衣服的时候有，来不及吃饭饿着肚子跑一天的时候也有。俗话说年轻气盛，那时候的我大概全凭一口“真气”顶着，或者再加上口袋里存折的余额和永远不够用的年假，我和自己的身体达成了某种协议：哦，好的，没钱，也没时间，那就先不生病着吧。这样磕磕绊绊地滚下来，倒也真的相安无事。

这两年终于有点钱了，也有点时间了，还没来得及补偿一下早些年落下的吃喝玩乐呢，病却先找上门了——放心，没什么生命危险，但东一榔头西一棒子的小状况多了，碎碎叨叨延延绵绵的，跟江南六月的黄梅天一样，难免也让人感到挫气。

先是腰，站久了疼，坐久了疼，躺久了还是疼，凳子沙发硬板床，歪着蜷着侧卧着，怎么都找不着一个完全舒适的安乐窝。接着是脖子，不用说，低头族永远的痛，骨科大夫像扔斩立决那样把颈椎片子扔脸前面：“看看，曲度都没了，直了，怎么治？嗨，你能把手机扔了吗？不能啊，那不就完了。”确实是完了，因为颈椎病大礼包买一赠一，头痛马上也找上门来了，发作起来如刀劈斧锉，又如轻型冲击钻持续不断在天灵盖上钻孔，痛到浓时简直想把整颗头给扔了，还得扔有害垃圾那个桶里。

人类总共二百零六块骨头，我才三十出头就快祸害完了一半，生而为人真的很抱歉，还是稍微锻炼一下吧。谁知道这身板万年不运动，抽冷子（突然）动一下简直大惊失色，跟喝茶看报纸“摸鱼”到五十九岁突然被委以重任的普通业务员老李一样——既没有兴趣，也没有斗志。跑步太苦，游泳太累，好容易赶鸭子上架跳了几天操，骨架有没有灵活点没有感受到，膝盖却抢先中枪了——红，肿，疼，持续不断。拄着拐去找骨科大夫看片子，这次连嘲讽都不给了，只淡淡地开了几服中成药，潜台词是“你这毛病吧，康复主要靠缘分”。

药本身倒是不贵，可惜加上了来回几趟成百成百的打车钱，溢价一下高得人不敢不认真对待。墨绿色的胶囊普普通通，每顿两粒，每天三次，设好闹钟巴巴地守着吃，一个礼拜过去，膝盖倒是不肿了，人却也站不起来了——不看不知道，这药的说明书上明晃晃地印着副作用是恶心、呕吐加腹泻。三管齐下，没两天就给我整成了急性肠胃炎。

要我说，急性病也有一个好处，那就是能让人完全忘了慢性病的存在。头晕眼花，冷汗直冒，外加一阵阵的腹内绞痛、胃酸上涌，瞬间腰也不酸了，脖子也不胀了，只全身心投入到上吐下泻的浩大工程中去。都说生病是击垮都市精英男女的最后一根稻草，不知道多少人经历过一次卧床不起，连口热水都没人递之后就夹起了独立的尾巴，老老实实踏上父辈们安排的相亲历程，或者眼一闭嘴一张，借坡下驴地求起了婚。

我也不知道是幸还是不幸，倒是有人照顾了，可又摊上个传说中的“直男癌”对象。水也烧了，粥也煮了，但他就是一句温言软语都不说，我这边还在被窝里打着抖痛不欲生呢，那边一个大汉霍地杵过来半锅小米汤：“给我喝喽！”不喝他还要生气。只能安慰自己：总比没有的好，还能怎么地呢，凑合过吧。

要说一点不记仇是假的，毕竟我可是羡慕过住院部小朋友被扎针的“狠人”。等轮到对象生病的时候，我摩拳擦掌地要给他来个五星级温柔体验，等真要下手了却发现完全做不到——这才发现病榻上那个人吱吱歪歪要汤要水的有多糟心。倒不是不耐烦，是太过担心却又分担不了半点痛苦的焦躁。所以到头来还是踏上老路，吃饭用逼的，吃药用灌的，张牙舞爪却又是真心实意地想把对方拉出泥潭，推向阳光。从这一刻起我才意识到，生病这件事半点不温馨不缠绵，大概是因为我一路跌跌撞撞，终于从一个想要被爱的可怜虫来到了爱人的位置上吧。

ACT Ⅲ

不是宠物

bu shi chong wu

{ }

小时候家里养过多少动物我已经记不清了，问我妈，她说：“人都养不起了，哪还有精神养猫养狗。”但我依稀记得是有过的。三四岁那会儿常有人挑着担子到居民新村里叫卖，两头是篾编的箩筐，筐被盖子扣着，掀开来叽叽啾啾，满是挤得紧密暖热的嫩黄的小鸡小鸭，软绒可喜。买一只所费不多，三毛五毛的，一根绿豆冰棍钱，那时候家境虽然“贫瘠”，我妈也咬咬牙买过几次给我。

可惜小孩子并不懂饲养，大人又忙着三班倒顾不上，虽然也食呀水呀地伺候着，但那些鸡雏鸭雏却只缩着脖子发抖，不吃不喝，掰开嘴也灌不进米粒去。没过几天，一团嫩黄软绒就抻作扁扁的一条摊在阳台地上，毛也塌了，一缕缕的，露出下面有颗粒感的淡肉色皮肤。我捧了去给我妈看，她头也不抬：“死了，去埋了吧。”楼下有一小片泥地，平日里我妈会在那摘一点野紫苏来煮鱼，我把夭折的小鸡小鸭埋进树枝刨的浅坑里，有时候还会放上一朵蒲公英陪它，倒不觉得多么悲伤，也觉察不到死亡的可怕，仿佛只是经历了一场殡葬业的过家家。不知道是不是蛋白质丰盛的关系，那一片紫苏后来倒是蹿得老高，渐渐地连下面的土也瞧不见了。

再大一点，上小学了，有一天家里多了一只鸽子，就放在客厅的矮笼子里，一只灰绿色的普普通通的家鸽。我那时候心里是特别宝贝它且觉得得意的——三四年级的小姑娘，多么想与众不同啊，鸽子，会飞的，一声鸽哨它就拍着翅膀停到自己的肩膀上，像个海盗一样扛着它，要多帅有多帅！那时候的我自然不知道海盗肩上扛着的是鹦鹉，普通的鸽子也做不到召之即来挥之即去，只想着如何跟它培养感情，处好关系，给未来的“海盗式炫耀”奠定良好的基础。喂米喂水自然是少不了的，鸽子还吃豆，小把的黄豆炒熟了放到矿泉水瓶子剪的食盒里哄它吃。也许因为这次是只大鸽，比起小鸡小鸭的生活自理能力强了许多，胆子也大，来者不拒，天天吃个肚歪，添多少啄多少。过了一个月，可能两个月，它渐渐胖得连脚也看不见了，我有些担心，跑去问我妈：“鸽子是不是生病了？你看它路都走不动的。”我妈喜滋滋地说：“哎呀，这样可不好，过几天让王阿姨他们过来给看看。”

过几天王阿姨他们确实来了。我放学回家打开门，发现客厅里支起待客用的圆桌，正中间放着一盆黄澄澄的汤，矮笼子已经空了。可能是家里并不富裕的关系，我对一切物品的二次利用都很熟悉，小了的毛衣可以拆开来重新织成坎肩，空易拉罐能做灯笼，病死的鸽子自然也是可以吃掉的——至少王阿姨说它是病死的，那时候年纪小，倒是并没想到问王阿姨讨要看看兽医资格证。

也不是没出现过现代宠物，有一只猫就差点儿进了我们家门。中部地区没有养猫的传统，说“猫来穷狗来富”。本着避着总不吃亏的实惠心理，周遭亲戚朋友家但凡养宠物的都是养狗，且十有八九是丝毛狗或者京巴。有一天妈妈带我去张阿姨家做客，她是个四十岁了仍然披着绚丽大波浪的美妇人。家里香喷喷的，陈设着厚重的丝绒窗帘和烟粉色的假花。我坐在沙发上，阿姨进屋拎了一只雪白的毛绒玩具出来，等递到怀里才发现这玩具是暖的、活的，一只大蓝眼睛粉鼻头的小白猫。第一次摸到猫肚皮我就撒不开了——太软，太滑，太可爱，相比起来别的阿姨家的旺旺和毛坨的手感简直是粗抹布，硬得刮手。"喜欢就带回去养呀，送给你了。"张阿姨说。我看我妈，我妈看我，谁也没说出拒绝的话。

回家的时候外面变天了，我妈把小猫裹在大衣里，牵着我一起走去公交站。风有些割耳朵，小猫露出个头来，突然开始一声接一声地扯开嘴巴叫，不是卡通片里面那种喵喵叫，而是拉长的"哇呜——嗷——哇嗷——"，跟小孩子在哭一样。我凑过去跟它面对面，那双大蓝眼睛里面好像确实湿润了。我妈看我，我看我妈，最后她说："要不还是送回去吧，你看咪咪伤心呢。"

"那就送回去吧。"我有点儿舍不得，但也投了赞成票，"它是不是想家了？"

再敲开门我才知道张阿姨有个准备考大学的儿子，他把猫接过去就回房间了，落在我手背上的不知道是咪咪的眼泪，还是他的。

后来我妈出去做生意，吃住在店里，开店的那条街繁华而脏乱，离在读的小学也远。她怕我学坏，又怕我路上被车碰了被人拐了，于是把我就近寄养在了外婆家。这边的老房子历史悠久，住的也多是跟外婆平辈的老人。其中有个瘸子爷爷，不知道是先天还是后天的一只脚长一只脚短。他人又高，走起来光脑壳一高一低，跷跷板似的，只要他一出来到坪里大家就笑。别的爷爷奶奶家要不住着不成器的儿子，要不养着跟我一样父母顾不上的孙儿，唯有这个爷爷，孤家寡人，一个人住着一楼一间黑洞洞的小屋子，每天也没事情做，就背着手出去转转，又背着手回来，也不理会我们的笑，笔直地进屋里去了。

有一天瘸子爷爷又背着手回来了，这次却不忙进屋，走到坪里摊开手给纳凉的大家看，那里面卧着一只小鸭子，跟我很小的时候短暂养过的小鸭子一个样，只是毛被染成了苋菜汤一样的红色。“细伢子（小家伙）跑去追公交车，从书包口袋里掉下来的，我怕车压坏了，就捡了。”他解释。我看那鸭子黑豆似的眼睛眯缝着，脑袋瓜也耷拉下来，料想是活不了多久的。谁知道几天过去，又几天过去，瘸子爷爷的小屋子里依然有啾啾啾的叫声，再过一阵，原本蔫嗒嗒的毛球居然能跑到坪里来走跳了。苋菜红的毛渐渐褪掉，尺寸也看着增长起来，这保质期不长的迷你家禽，居然真的变成了一只图画书里的大鸭子。

虽然不知道瘸子爷爷用了什么法术，但那鸭子活了大家也是开心的，因为它生得漂亮，油光水滑，走路扬着脖子，一摆一摆的特别神气。坪里也有狗，家养的野生的都有，但那鸭子似乎并不怕狗，也不觉得自己是只鸭子，一有狗来追它就大声嘎嘎着撵回去，跟瘸子爷爷撵狗的腔调一模一样。有一天瘸子爷爷照样背着手一高一低地走，那鸭子也跟在背后，一高一低，一高一低。有人喊：“瘸子，你的鸭婆子怎么也瘸了？”瘸子爷爷吓了一跳，抱着那只鸭仔细检查，生怕它被狗咬坏了，可是各处好好的，看不出什么毛病。“总不是小时候摔的，现在才瘸了吧？”他挠着光头想不明白。又过了一阵他出去买菜，把鸭放到坪里让我们看着。他前脚一走，后脚那鸭子就不瘸了，大脚板啪嗒啪嗒地跑得可欢，我们这才知道鸭子是在学他走路。

瘸子爷爷回来知道了倒也没恼，还挺高兴，大概只要鸭子没事，淘气一点也是可以容忍的。后来他还带着这只鸭子给我们表演过，一个背着手，一个背着翅膀，一摆一摆，一高一低，一前一后，月亮升起来了，坪里的身影拉得长长的，倒像是养了个亲生的孩子。

ACT Ⅲ

致我们其实不怎么样的青春

zhi wo men qi shi bu zen me yang de qing chun

{ }

1

每一年高考刷屏时，都有无数人借机怀旧、追忆，感叹自己逝去的青春时光，就像那个老段子说的：

“过去了这么多年，发生了这么多事。多希望一觉醒来，发现自己还趴在中学的课桌上，被老师丢过来的粉笔头砸中脑门。”

不知道你们是怎么想的，反正我看到这句话，当即吓出了一身冷汗。

——老天保佑，可千万不要让我被打回去重活一遍了啊！

因为我真的不知道青春有什么好的。

不知道谁是第一个赞扬青春的人，事实只是，当几千年辉煌灿烂的世界文明层层叠叠地传承到我这里，青春已经被吹捧成了一样特别了不起的东西。这个东西就跟“爱”一样，人人都有过，但谁也不能确切说出它的好来，而且同样地，它们都是在回忆里看起来才比较美。

无数人愿意美化他们的青春，所以连抠图都抠不利索、业余玩票性质的青春网剧和连标点符号都点不清楚、业余玩票性质的青春小说才会在这个时代大行其道。但其实冷静下来想想，我们自己的青春，跟电影里的、偶像剧里的、言情小说里的青春是一回事吗？

如果你懒得回想，那就让我这个新世纪“败犬”代表，以身作则地帮你回想一下好了。

2

2000年，我十四岁，觉得自己是世界上最幸运的人之一——看啊，我们迎接了香港回归，我们迎接了澳门回归，我们迎接了一百年才有一次的新世纪和一千年才有一次的千禧年，而且我们还这么、这么年轻呢。

陀思妥耶夫斯基在《卡拉马佐夫兄弟》里写：“我坚信在三十岁之前我的青春将战胜一切。”张爱玲在《传奇》里谆谆教诲：“出名要趁早啊，来得太晚，快乐也不那么痛快。”就像她立志八岁要梳爱司头，十岁要穿高跟鞋，十六岁可以吃一切难以消化的东西那样，身处于青春正中央的我也是如此迫切地想要自我实现，别说三十岁了，十八岁都显得过于遥远，恨不得明天就能策马奔腾，快意江湖，光芒四射，完全燃烧。

可是人们真实的青春是什么样子呢？或者说，一个生于南方内陆小镇、相貌平平、双亲下岗、数学成绩还非常见不得人的青春期女性的青春是什么样子呢？

它完全不像他们告诉我的那样。青春不是那些大文豪们在小说、戏剧、诗歌里反反复复提及的、伸出双手乞求的、愿意用灵魂跟魔鬼来交换的东西，也不是那些青春小说、新概念作文或租书店里五毛一本的少女漫画展现给我的东西。

——当然，鉴于这毕竟是我的青春，是我和你们中大多数人的青春。作为一个当事人，最好还是不要带着过多的私愤把它形容得过于不堪。这就像一个嘴里正在嚼着菜的食客不能形容桌上的食物吃起来像大便一样。

所以，请你允许我，客观地用一个词语来形容我们的青春，那就是：乏味。

3

青春首先是关于空间的。

力量越小，所能探知的边界就越小。青春期女孩如我在家庭中一般被分配到次卧或阳台，连带着本人的存在感都是次要、稍后、可有可无的。这一间不足十平方米的老式板楼房里，塞着二十世纪九十年代流行的仿水晶吊灯、成套的板材家具和棕红色复合木地板。装修是1997年做的，新旧世纪交替之际好像一切都跑得很快，所以它们只是短暂地新了一阵，然后就长年累月地旧下来。

满满当当的旧东西中间夹着一个新的我，我的肉体在飞速长大，灵魂也是，在这样一间逼仄的屋子里难免磕到浑身淤青。我不喜欢老气的书桌，不喜欢翻个身就能掉下去的窄床，而房间右手边那个集合了全家人衣服的大衣柜，我更厌极了它——天知道一个上中学的女孩儿有多么强烈的占有欲，鉴于她能实际占有的东西是那么的少。在唯一一个能行使主权的空间里，偏偏杵着这么一个并不属于我，还常常导致我妈能借着拿衣服的理由随时闯进来窥视我的物件，其残忍程度简直不亚于装了个定时炸弹。这件庞大的家具就像是我青春的隐喻：拥有不受欢迎的外形，放在不受欢迎的位置，虽然占地面积最大，但我能对它做的，不过是使用中间双开门柜子的其中一格而已。

在这里，困在四面墙之间，在不舒服的书桌和椅子之间，我的青春在一天天过去。它被用来做作业，背单词，应付考试，担忧成绩，用于一切与年轻的心背道而驰的苦练。那时候别说燃烧生命了，连生命的火星都打不着半点。每一天都是潮湿的、背光的，连看一本小说也要偷偷摸摸。书被塞在五屉柜与矮柜的夹缝之间，听到一点响动就要以迅雷不及掩耳之势藏进去，然后一边压制着狂野的心跳，一边假模假式地验算数学题。

走出这四面墙，是另外的四面墙，占地面积扩大到一百平方米，但实际上分给你的空间更小。一米见方的单人桌和靠背椅，四十来个跟你大致相似的、性别与面目一样模糊的复制品，一个被叫作学校的地方。在这里，青春更不值钱。对于我们来说，学校里的每一天都是新鲜的、唯一的，对我们的老师来说则恰恰相反。他们已经被丢进了无限单曲循环的时间漩涡，每隔一段时间就要面对一批同样年纪、同样身高、同样有着无知者无畏眼神的主人，讲述同样无聊的课程。这种类似《土拨鼠之日》的情节设定大概让他们感受到了绝望，所以他们毫不吝啬地把这种情感回报到我们身上——对于老师来说，年轻是不需要鲜艳好看的，鲜艳好看意味着危险。孩子们必须装进麻袋似的廉价涤纶面料运动校服，头发剪得像刘胡兰，把每一个唇红齿白疑似化妆的女孩子拎到走廊上骂她们是红漆马桶。我经历的，就是这样的青春。

恋爱当然也是不允许的。虽然女孩们结伴上厕所的小团体里总是流传着某某某与某某某下晚自习以后在单车棚亲嘴之类的都市传说，但实际上我们都没有，也深知自己不可能有这样的机会。对于一个投胎在高考大省、进本地二本的分数线都够北上广学子考985院校的人形做题机来说，成绩就是青春的唯一目的。我们是那样的世故、严肃、少年老成，在课桌上贴当月学习计划表，日记里全是年级排名，短暂的、去吃饭或上体育课的路上也永远皱着眉头行色匆匆，没有正眼看过身边任何一个男孩。实在憋得没有办法的时候也会在成沓的草稿纸上写小说，把狗血洒满作业本与考卷之间有限的生活间隙：他来了，他带我走了，从学校里冲出去。接下来嫁豪门也可以，当神偷也可以，流亡世界也可以。多年以后回头看看，哪怕以最最俗套的标准来衡量，这也根本称不上什么爱情故事，这只不过是，一个除了念书没有其他事情可做的熊学生发了疯地想要逃离那或大或小的四面墙而已。

去年冬天我在北海道逛了一个动物园，那天下着雪，露天的虎园里只有一只孤零零的东北虎。虎山遍布枯草，被一条深色的泥径环绕着，走近了看才发现那是上万个重重叠叠的梅花脚印——是老虎，老虎在一圈圈地绕着那个土疙瘩打转，在这里转弯，在那里起跳，动作精确得像复制粘贴，一天下来能走几百圈。后来我知道了这叫“刻板行为”，被圈住的自由生命因为太无聊出现了精神异常。我站在笼子前面，感同身受地想要跟它握爪——我懂的，这四面墙之中的每一天都是如此漫长，好像一年不是过了三百六十五天，而是把一天过了三百六十五遍。

4

二十岁之后，青春就关乎时间了。

高考完了，旧世界的锁链好像通通被敲断了，一天之隔，我们从“想干什么都不行”，突然变到“做什么都没人管”。为了让大学这一段看上去似乎是青春尾巴的宝贵时光不至于虚度，我和我的小伙伴们在自己的能力范围内想尽办法“作死”——爬到楼顶去看烟花，逃票坐绿皮火车去贵州，去露营，去刷夜，去点篝火，去拥抱除夕夜的陌生人。

但在这些长则四五天、短则几个小时的精彩之外，我还是那个碌碌无为的、背着书包在学校后门吃一碗榨菜肉丝粉的普通人。

夏天的夜里我提着水桶去没有灯的公共厕所里冲澡，被歌德赞美过的、专属于少女的年轻肉体饱满得自带光源，在肥皂香气与下水道特有的腌臜气味中灼灼荧荧。我知道这是对这具肉身的浪费，在这样的夜里我应该去接吻、去冒险，去世界上最不可思议的地方挑战最不可思议的事情。但我别无他法，原因很简单，没钱，也没爹。试错成本太高了，做一颗安分守己的社会预备役螺丝钉才是正道。所以我只是乖乖地提着水桶去洗澡，然后披着湿头发买一杯冰冻珍珠奶茶，走路去上晚自习。

至于那些来自青春的附属品，那些旺盛的、躁动的、不知道该宣泄去哪儿的精力，我们在过一天少一天的青少年时光里把它献给了自以为是的(伪)摇滚乐。那时候大家开始听披头士，听山羊皮，听五月天，告诉自己要有摇滚精神，但我们谁也不知道什么才是真正的摇滚精神。爱与和平，反战与自由，所有这些空旷的大口号飘浮在我们二十岁的头顶，却从未落到我们的肩膀和脚跟。我们只知道主唱要帅，要会创作，吉他手也要帅，贝斯手要有性格头发要长，鼓手是什么我看不见所以不用太在意。在这些肤浅的标准里我自诩文艺孤高，其实不过借着它们躲避近在咫尺的成年世界——毕业，工作，责任。我一边昂着头踩着鼓点一边害怕，害怕自己逃避不开命运，像本杰明· 富兰克林说的那样，二十五岁就死了，直到七十五岁才被埋葬。

5

直到真正地拥抱了成熟的那一天，我才发现，其实成年人的世界也并不是那么虚伪、无聊和可怕的。

毕业后面临的第一个挑战是养活自己。作为人类最基本的生存需求，这个挑战无疑对我成功跨越过内向、挑食、中二病、阴晴不定和自以为是起到了重要作用。为了养活自己，我开始学习交流，学习幽默感，学习跟不喜欢的人合作，学习挨骂，学习被看不起，学习被看不起之后若无其事地原地爬起来。青春小说里总是要把成年人的角色写得浅薄轻浮、狡猾世故，而当我真的靠自己长成了一个成年人之后才知道，这不过是中二少年对于自己做不到的事情所发出的、尖酸又无力的嫉妒罢了。青春的时候我们总是在等待，等待白马王子，等待救世主，等待伯乐，等待奇迹，但这并不是什么青春的特权，只不过是我们能力有限却渴望精彩，同时又生怕踏错一步的鸵鸟式逃避罢了。

王朔曾经在采访里骂过我们这批80后："整天嚷嚷着年轻，年轻算什么？谁没有年轻过，你老过吗？"当时我只觉得这老头子是吃不着葡萄说葡萄酸。

而现在，在一步步远离青春的过程中，我渐渐接受了自己不是这个世界的主角，甚至不是配角，只不过是七十亿路人甲之中的一个，多我一个不多，死我一个不少。但越是这样，我反而越是长出了点儿志气，想在这坚硬的世间抓挠出一丝属于自己的痕迹来。

我妈老说我，都不年轻了，怎么越大越折腾，大公司的工作说辞就辞，陌生的城市说去就去。但我知道这不是折腾，或者说恰好因为不年轻了才敢于放手去折腾。就像人生倒放的本杰明· 巴顿，十几岁时垂垂老矣，现在的我，终于逆转到了"当打之年"（巅峰期）。

在这期间，我有了为之奋斗的事业，有了五湖四海的朋友，有了平等开头好聚好散的爱情，有了互相帮忙的人脉。即使这个过程毫无精彩成分，节奏缓慢，细节沉闷，但它就这么磕磕绊绊地长成了。这样的人生经历就像栽培一棵树，每天看着它抽出新枝，开花散叶。对于别人来说，这是千万丛林中最普通不过的一棵树，但对于我来说，这却是一根坚强的主心骨，可以抵御人生在世的种种虚无。

所以现在，我要把这个自己已经明白的事实告诉你——青春并不是褒义词，就像老也不是贬义词一样。我喜欢我的日渐成熟，喜欢这份在时光里被打磨得熠熠生辉的独家成熟，再给我十次青春也不换。

所以你说，我哪里舍得砍掉重练，再回去什么中学课堂啦！

ACT Ⅳ

第四幕

似水流年

『

一阵掌声之后，全场安静下来，心跳如擂鼓，呼吸变得很响，我们从漆黑的后台冲向舞台中央，头顶的大灯从摇曳的深橘色唰一下点燃。沉浸在强光中的我们看不清楚观众席，甚至看不清楚对方，我们只是，只能，站定位置，深呼吸，然后开唱。

』

ACT IV

猫记

mɑo ji

{ }

在我们的老家，猫不唤作猫，而唤“猫记”。碰上更会卖萌一点的人，可能还会称之为“喵记”。似乎没有人考证过，为什么单单只有猫享受了这个特殊待遇，而猪羊鸡马猴子狗，就叫猪羊鸡马猴子狗。最多因为体型的关系，人们勉强在前面加一个小字，叫小猪小羊小鸡，但那也不过是普世标准，猫记这样的特殊待遇是不曾有的。

我的朋友胡细腿特别迷恋这个称呼。她说，这就像猫们合计着开了一家秘密连锁杂货店，在屋顶、天台和小街后巷偷偷进行着小鱼干和猫薄荷的贸易。

猫们都有一双灵活的小手，上货称重，打包找钱，绒球似的爪子送来递去，很有些术业有专攻的意思。一只猫就是一个小掌柜，架着圆眼镜，穿着小马褂，天天站在曲尺柜台后面，慢条斯理地扒拉着小算盘。没有顾客的话，它就揣着手，眯着眼睛，半梦半醒地泡在悬浮着金色微尘的暖风里，晒一晒上古的太阳。

在这之后呢？我猜，有一天，一个醉醺醺的湖南人突然不小心闯进了店里，猫掌柜被吓了一跳，刚要逃走，湖南人就已经一把揽过了它的肩膀，热热闹闹地和它打起讲来：

“这掌柜好生稀罕，年纪不大，胡子倒老长！喂，我说，有没有上好的黄酒，给小爷来上一壶！”

猫掌柜的小心脏被吓得怦怦直跳。它用肉垫（掌心）轻轻推开湖南人的手，又抹了抹马褂上的褶皱，尽量让自己镇定下来：

“酒没有，小鱼干倒是有些的。”

“那也好，给我试试味，好吃的话，称他娘十斤八斤的！”

“本店已经打烊了，不试味，也不卖。你若喜欢，这一包送你，速速回去吧。”

湖南人稀里糊涂地被推出了店，想再进去，却发现面前哪里还有什么门，只得一扇硬邦邦、黑黝黝的老砖墙面。

他揣着一包小鱼干，失魂落魄地回到家里，想睡，睡不着，想醒，醒不来。辗转反侧之间，他干脆一股脑儿地来到桌前坐下，就着半壶冷酒，呼哧呼哧地把那小鱼干嚼吃了——果然好味，鲜而不腥，咸而不腻，酥脆无骨，烟熏的口感也恰到好处。眼看着一包鱼干见底，湖南人睁圆了虎眼，看见油纸包的背面沁出红红的油墨印子来。拿过来对着油灯一看，正面却是个梅花爪印，别的皆没有，只正中用小楷工整地写着“猫记”二字。

第二天，第三天，第四天，湖南人带着那油纸，去市场里四下打听，杂货水产、食肆酒档，硬是没有一个认得这是哪家的，反倒在背后笑他，不是疯了就是痴，居然想跟猫做生意。

湖南人还是不死心，干脆揣着酒壶，天天晚上去那老砖墙下面坐着，且饮且唱，呼唤着猫记掌柜的小鱼干，虽然再没得其门而入，却也乐得逍遥快活。

后来嘛，也记不清是哪一天，湖南人起了个大早，刚要上街去，打开竹条编的篱笆门，就看见一只黄黄白白的大猫正蹲在门口。虽然它没戴小眼镜，也没穿小马褂，但湖南人还是愣了半晌，不知怎么的，突然对那猫说起话来：

“猫记？”

大猫的杏眼盯着他看，细细地喵了一声。

“真的是你。何解，生意不做了啊？”

大猫眨眨眼，好像怕丑似的低下了头。湖南人觉得有趣，索性蹲低了身子，摩挲起大猫的头顶来。

“当掌柜的时候不给我开门，现在倒记得投奔我来了。”他挠挠大猫的下巴，听到对方喉咙里满意地呼噜出声，“有你一口吃的也不难，不过，我若让你住了，你可得给我弄些小鱼干来下酒才是。”

大猫在地上打了个滚，亮出软乎乎的肚皮，认真地喵喵地叫着，似乎在说：“那是自然！那是自然！”

“也罢，那就进去吧。”湖南人让出一条道，大猫踮着脚，拿头顶蹭了蹭湖南人的膝盖，哧溜一声，已经滑去厅堂的供桌上趴着了。

大猫跟湖南人，就这么一直平平淡淡地住了下来。大家各自占着一块地方，一个忙着讨堂客（老婆）生儿女，一个忙着跑房顶打野架，似乎也并没有太多热闹的交集。只是有时候，堂客出门买菜，胖小子在后院混跑，湖南人坐在厅堂里喝酒，闲着没事，就唤起供桌上趴着的毛脚兽来：“喂，猫记，说好的小鱼干呢？”

猫记有时候喵喵两声，算是敷衍地答应了。有时候只是懒洋洋地横过一眼，头一偏，依旧睡它的大觉去。

湖南人摸摸自己的后脑勺，甚觉没趣。但是能怎么着呢，也不能把人家赶出去呀。忍一忍，忍一忍，也就这么混过去了。

他倒是没想过，儿子女儿们馋虫上脑，两条腿的父母不吃，四条腿的桌子不吃，除此之外，见着块鹅卵石都要流口水的，怎么听了那么多次猫记的故事，从来也没找他要过小鱼干来试味。反正没有小鱼干，孩子们跟猫记也很要好。于是这件事情，也就这么混过去了。

再后来嘛，湖南人的儿子也有了儿子，儿子又有了孙子，孙子又有了重孙子，子子孙孙，孙孙子子，一大帮虎头虎脑的野小子野姑娘，骨碌碌地从那道篱笆门里滚将出来，又骨碌碌地滚去了四面八方。他们也有做木匠的，也有挑扁担的，也有撑船的，也有教书的，偶然间，眼前有一团毛茸茸的活物，哧溜一声，脚底抹油似的奔过去了，周围的人拍手嬉笑："猫，猫。"这时候，湖南人的儿孙们就会虎目圆睁，梗着脖子问到人的脸前去：

"你懂什么？它叫猫记。"

也许是儿孙们高高大大的，看着就不好惹，又也许是周围的人都是懒货，想着有这个工夫理论，还不如回家搓两圈麻将呢。反正不管怎么样，猫记这个称呼，后来就慢慢地传开了。

ACT IV

猫上帝

mao shang di

{ }

1

2001年，我妈开始了她的第六次创业。

人生的前半程她是电动工具厂的彪悍女工，力气大，肯吃苦，跟男人拿一样的工分，全厂独一份。当然，这些优秀品质并不能帮助她逃离下岗的命运。

那几年长沙市的工人好像都在醉生梦死，一边是消费主义新时代来势汹汹，步行街的霓虹灯亮到看不见星星，另一边却是自己赖以生存的技术被光速淘汰，文化水平不够，再就业只能去做保洁或看车棚。父辈们端了半辈子铁饭碗，骨子里还是当家做主的天真和骄傲，没人愿意做“人下人”，于是多的是人拿着买断工龄的几万块，白天睡觉，晚上搓麻将，酗酒酗到没有明天。

在这样的大环境下，我妈，一个60后离异带娃的中年女人，只能手脚并用扑腾着不往下沉。那时候刘欢天天在电视上唱“心若在，梦就在，只不过是从头再来”，他有没有从头再来不知道，我妈倒是亲身实践过，还不止一次。

她身体不好，腰痛病时不时地就发作一次，严重的时候躺在床上，连站起来走去几步之遥的厕所都做不到，但她还是开过餐馆、摆过地摊、卖过凉拌菜，用一切力所能及的本事，断断续续地挣生活。说起来她这人其实个性天真，头脑简单，不适合经商，可是小生意小买卖敲敲打打这么多年，遇到的好人总比坏人多。她的朋友们说她："性格太好了，多苦都爱讲爱笑，站在一楼打哈哈，六楼都听得见。"

这样的女人，2001年的时候跟着另一个阿姨北上，一人一个小马扎，买无座票乘绿皮火车，拖着乡下收来的瓷器和拆下来预备当柴烧的雕花床板，到一个叫潘家园的地方"卖古董"。她们租不起门面，只在附近一栋居民楼的地下室短租一间破房子，晚上睡觉，白天铺盖一卷货物一摊，床板就成了档口（摊位），招徕买家挑挑拣拣。

老坛子、老饭碗，虽然也历经了百十来年的岁月，但毕竟不是什么名贵物件，来来回回的也没发家致富，只堪堪挣出了我高中的学费。大学我开始拿奖学金，去校报做编辑挣零花钱，大二暑假就实习写稿，生活宽裕了些，她像一头临近退役的老牛，终于从生活的重轭下解脱出来。

退休前的最后一天，她跟搭档阿姨买票进了趟故宫，在金灿灿的阳光下拍了一张照片。这是她最后一次站在北京的土地上，却是第一次以一个游客的身份。在这之前的四五年，她到过的地方只有北京西和潘家园的那间地下室。

2010年，我从工作了三年的公司离职，正式跟深圳说再见。没人能理解我的决定——放弃社保，放弃居住证，放弃看似光鲜亮丽的电视台职位，下一站甚至都没有个正经工作等我。说是年轻气盛也好，不知天高地厚也罢，反正我就是坐不住那个朝九晚五的工位，坚信自己能赚到远超那点死工资的钱。——人生不能荒废在这么个订订盒饭打打电话的位置上，我想。我应该还是有点什么的，换个合适的地方，说不定它就能发出光来。

然而我也没想好到底要去哪儿，没太多存款，租房吃饭又是一笔不小的开销，目的地的消费水平是一件非常值得考虑的大事。这时候，有个网友突然冒了出来，她人在北京，跟一个叫胡细腿的女孩搭伙住在一起，最近因为工作变动正打算搬家。因为养了两只猫，找房子平白多了许多限制，兜兜转转，最后终于碰到一个同意养宠物的房东，地理位置、交通、价格各方面都合适，唯独一点不行，那房子是个三居室。

“你来住的话，我们就能把房子整租下来。”她说。末了有点犹疑地问：“你不讨厌猫吧？”

我不讨厌，还挺喜欢猫的，加上合租的租金真的不贵，于是去北京这事儿就这么稀里糊涂地定下来了。

我妈倒没劝阻我辞职，大概是亲身经历过，觉得“女的出去闯一闯也不是什么坏事”。她没钱给我傍身，就发来一个手机号码，说当年在北京时这个老板照顾过她们生意，遇到什么困难说不定能帮帮忙。我掰着指头数了数，距离她的故宫之旅都已经过去了六七年，别说只是做过几笔买卖，穿一条裤子的交情也该相忘于江湖了吧？我笑了笑，没放在心上。

火车上能带的行李有限，在深圳添置的物件我又不舍得扔，于是小到一双筷子我都敝帚自珍地寄来了北京，还为了俭省开支，选择了用汽车物流托运。等货到了才发现，物流之所以便宜是因为不送货上门，得自己去集散的站点领。上至铺盖卷下至卫生纸足足几十公斤，靠我一个弱鸡是万万搬不回来的。室友们又都在上班，我站在鸟不拉屎的城乡接合部，走投无路之际突然想起了那个号码，抱着有枣没枣试试看的心态拨通了。这边还在吞吞吐吐的不知道该叫“叔叔”还是“伯伯”，那边却已经爽朗地笑了起来：

“你是黄姐的女儿吧，你们两个说话的调调一模一样。”

没想到人家真的记得我妈，也真的有求必应，开着自己的小轿车跑了十几公里把我的行李拖了回来。路上他讲怎么跟我妈交的朋友：“大姐太逗了，住那样破的地下室，漏水漏得床都湿了，她还有心情开玩笑、唱歌，请我们吃她自己做的辣椒酱。我那时候跟她砍价，说姐姐，你给我算便宜点，今后你有什么忙我一定帮。她就真的少我几十块，说：‘你讲话要算数，五十年不变。’你说她是不是算准了有今天啊？”

她当然没这个神通。我笑，给他指路，车已经开到劲松，前面路口拐进一条小巷就到我的合租屋了。老板在巷口踩了刹车，我以为他不想开进去，毕竟里面路窄，掉头是有点困难。正琢磨着要怎么蚂蚁搬家地把东西给弄上楼呢，他却摇下了车窗：

“你住这里面？你自己找的地方？”

我跟他解释，我对北京一无所知，只是因为室友，只是因为室友养了猫。他瞪大眼睛，手伸出去指着外面一栋灰扑扑的筒子楼，栅栏上挂着一块掉漆的木头牌子：地下室出租。

“你妈当年就住这儿啊！”他说。那个爱笑的中年女人第六次从头再来的故地，跟我现在的住处只隔着三百米。

2

我从小就想当个作家，第一篇发表的小说却是免费的。

说是“发表”，其实也并没上什么正式刊物，只是自作主张地在豆瓣开了个账号，厚着脸皮吭哧吭哧地胡写一通，再点了个上传按钮而已。互联网倒是很神奇，那一年好像所有人都在关心北京奥运会，却依然有人注意到我，零零星星的，有人打招呼了，有人加好友了，有人跟我说：“下面呢？下面怎么没有了？快写快写。”后来我才知道，这种行为从某天开始会陪伴我很长一段时间，它叫——催更。

劳伦斯·布洛克在《小说的八百万种写法》里第一句就苦口婆心地提醒：“想写小说的时候最好吃上两片阿司匹林，躺在黑暗的房间里，静静等待这种冲动过去。”可惜我看到太晚，等反应过来的时候早已经上了贼船，且开出去两千多海里，再也别想回到淡定摸鱼的打工人大陆——哦，严格来说是工作离开了我，毕竟我是大吵一架之后从那家公司摔门走掉的。离职之后，我在床上瘫了将近一个礼拜，大概因为之前上班上得太认真了，就像一个把人生奉献给婆家、任劳任怨的小媳妇突然半路被休，怀疑自己，怀疑人生，怀疑是我不够好还是这个世界太坏。直到某一天，大白打开了我的房间门（别误会，大白是合租室友养的一只猫，重达十四点五三斤，已绝育），我以为它是来安慰我的，可它连让我抱一下都不肯，大概是嫌我牙没刷脸没洗的一身酒臭，反正就冲着我辱骂性地嚷嚷了两声，掉头就走。

如果你身边也有文字工作者，我想你一定知道，写字的人不擅长当面骂人，但绝对会把讨厌的家伙写进文章里。那时候被猫羞辱的我也是如此。在丢掉一份赖以生存的工作且口袋里的钱只够再交一个季度房租的时候，我爬到电脑前面，居然没有大投简历，而是把这段苦哈哈的经历写成了连载，还要在里面重点批评这只胖猫。也许是这种失心疯的行为太过惹眼，我还真招来了一位编辑。“不然你写完就出书吧。”她给我发私信，“我已经签了一个作者，他也是豆瓣的，叫囧叔。”

编辑把我和囧叔叫出来吃饭，顺便带来了出书的合同。我在桌子下面偷偷搜了搜，真的有囧叔这个人，他也真的出过一本书，大概不是个骗子吧？于是我跟他签到了一家经纪公司，从那之后的七八年，我们前后脚地写书，前后脚地当编剧，前后脚地彻底放弃就业选择全职写作，前后脚地离开那个编辑又前后脚地签了同一家新公司。拉我们出版处女作的那个人早就回了老家，我和囧叔却还在北京，还是搭档，巧的是，他家也有两只猫，也是一只三花一只黄白，也一样胖得很。

就在前几天，豆瓣给我发来贺电，这是这个文青网站的传统，每一年都会在你注册账号的那天发来开屏消息：“感谢有你，相瓣×年”。2008年5月26号，多么普通的一天啊，我自己都快忘了为什么是这天我选择了开始网络写作。但是还好我写了，如果我不写，我就不会一步步走到今天，不会有第一本书、第二本书，第一部剧、第二部剧，不会有现在的朋友和对象，不会有当下的合作伙伴，不会跟囧叔一起坐在甲方办公室的长桌一侧，口若悬河地试图忽悠下一笔定金。

囧叔的注册日是2008年5月27号。

3

我的室友胡细腿喜欢猫，我也喜欢猫。

不过，我喜欢猫，大概就停留在轻抚它们的毛头，挠挠它们的下巴，以专业鉴赏员的眼光鉴定说“哎，不错哦，很肥哦，超萌的哦”，就这样而已。而胡细腿喜欢猫，是会给它们买粮铲屎，垒房絮窝，连看到“猫咪会偷偷用屁股摩擦人类的面部”这样的“无良”新闻也会发自内心地说“真可爱”。

不仅对家里养的两位“大爷”如此，她的奴隶属性还渐渐辐射到整个小区，那些个嘴歪眼斜、腿短毛秃、满脸写着“讨厌”“你谁”“走开啦孤也是你能摸的吗”的流浪猫们，也一起享受了她买粮铲屎、垒房絮窝的米其林三星级专业服务。

等这个病发展到末期的时候，她就开始往家里捡猫了。那是一只黄白相间的长毛小奶猫，拖鞋大，咪咪叫，还没等我同意，胡总已经擅自替人家取好了名字。

“就叫她包包吧！”她说。这名字杀伤力实在是大，搞得我也不忍心拒绝，当然，这并不是我们都丧心病狂地想当陈奕迅孩子她妈的缘故。

家里两只大猫已经接近五岁，地位稳固，老奸巨猾，对于自己的本职卖萌工作早已经不耐烦，对人类也是越来越不恭敬了。有好几次我盯着它们的毛脸，努力想要寻找一点别人家的猫那种“萌萌哒”的痕迹，而它们却只是嗷地张大嘴打了个哈欠，眼神穿过我的脸皮、颅骨、后脑勺，聚焦到虚空中的某一点，而且我可以确认，就连这么空虚的一点，它们也理所当然地认为那比我本人值得关注多了。

可恶。

现在倒好，突然来了一只天然萌，自带二头身黄金比例，有着又柔又软的嫩黄绒毛、湛蓝湛蓝的无邪双眼、粉鼻头、天线尾，连叫声都是颤巍巍抖嚯嚯的“咪——咪——”的小奶猫。可想而知，那两位“大爷”立刻意识到：抢罐头的劲敌来了。比你萌的猫还比你努力，关键还比你年轻。世界是人类的也是老猫的，但最终还是属于奶猫的，不趁早撵走这个祸害，未来只怕这个家要改朝换代，另立新王。

于是到家还没一个礼拜，包包已经挨了六顿打，面对“磨刀霍霍”的临时猛兽们，我和胡细腿一起揉了揉太阳穴：“送走吧。”

可是送给谁呢，这也是一个大问题。

都说奶猫好送，偏偏包包来的时候赶上初春，野猫们忍了一个冬天的繁殖欲像是门窗紧锁的房间里漏了煤气，一点就着。互联网上有一大波来势汹汹的求领养奶猫军团，个个身怀十八般武艺，天生大饼脸的、跟网红猫挂相的、自带“皮草”“燕尾服”还附赠“白手套”的。包包夹在中间，就跟我们夹在一群北大毕业生里找工作一样，朴实无华，毫无“卖点”。

“再不送出去，可就真的送不出去了。”胡细腿看着一个礼拜就蹿长了一大截的包包，愁得不行。

当事猫倒是没有一丝一毫着急的样子，啃够了罐头，悠闲地舔舔爪子，走了。

可能傻猫自有傻福，没多久还真的出现了认养人。不巧的是前一天我刚熬夜写完剧本，人家上门“提亲”的历史性时刻，我正关着房门呼呼大睡，别说来人了，就是来东北虎了，东北虎还拿屁股摩擦我的面部，我估计也醒不了。

下午一点，等我歪歪斜斜地走出房门的时候，包包已经不见了。

“领养人是个美女哟。”胡细腿说，“名字也好听，叫什么来着，好像是一只白色的鸟。”我嗯嗯地答应着，心里迷迷糊糊的，大概也只是稍微感觉到了点离别的惆怅而已。

不过接下来，我吃到了“白色的鸟”作为“彩礼”带来的草莓和菠萝，又香又甜，于是连那一点点离别的惆怅也没有了。

一年后。

我弄的剧本似乎卖得不错，第二季也被预订下来了。烦人的是甲方催得很紧，搭建剧本团队的工作变得火烧眉毛一样急。说实话，临时抓瞎抓来的编剧能有几个好的呢？每念及此，都让我多愁出来一根白头发。

奇怪的是，这次的编剧组团却顺利得不可思议，说来就来，而且一来就是三个，彼此还是同学，默契程度极佳。

一个是骑着拉风摩托的小胖墩小超，一个是眼神杀必死的彪悍姑娘小吉，还有一个是高白瘦的女孩，叫小Bye。

小超、小吉还有小Bye，以及我与囧叔，在短到不可思议的时间里组团成功，而且彼此之间似乎都没有排异反应，三观合拍，笑点一致，配合程度和剧本推进速度都好得惊人。

吃饭的时候跟胡细腿说起我的新剧本，胡细腿说：“啊，我想起来了，‘白色的鸟’也是编剧呀。当时我还跟她说，隔壁屋里也睡着一个编剧呢。

这个房子的编剧密度瞬间变得好大。”

我说，哦，也没怎么往心里去。毕竟我大北京别的没有，编剧随手抡一棍子就能打死三个。

后来开编剧会的间隙闲聊，得知各位家里都有养猫，我还是说，哦，也没怎么往心里去。毕竟我大北京别的没有，刚刚被打死的那些编剧肯定个个都养猫。

再后来，偶然发现小Bye原来姓白，名字里还有个鹤，我也说，哦，同样没怎么往心里去。毕竟我大北京地大物博，姓白的也还是很多的。

当然，接下来的事情聪明的读者肯定已经猜到了，是的，我就这样跟包包的新妈面对面开了两个月的会，互相都不知道对方是谁，而在我们根本没有意识到的时候，其实我们早就认识过了。

小Bye把自家猫的照片发到群里的那个瞬间，真是难以言说的、奇妙的一刻。

就好像包包它妈是包包送给我们的礼物一样，就好像包包是我们送给包包它妈的礼物一样。

距离最近的时候，我跟“白色的鸟”只隔着卧室到客厅的一堵墙。那时候，因为忙着写第一季剧本呼呼大睡的我，和马上就要成为新晋猫奴的她，一定没有想到一年之后，我们会因为第二季剧本凑到一起。

当我这样跟胡细腿说着，一边感叹人生啊，命运啊，世界是“夺”么小啊的时候，胡细腿只是说：“因为猫就是上帝啊。别看它们只是躺着，它们什么都知道，什么都能办到。”

于是我赶忙去给家里的两只“大爷”鞠了一躬。“今年也要保佑我多挣钱哟。”我一边这么说着，一边打开了一个新的罐头。

ACT IV

东北人是怎样炼成的

dong bei ren shi zen yang lian cheng de

{ }

作为一个没毕业就拎着包袱卷儿四处“打游击”换工作的“南漂”加“北漂”，走南闯北的这些年，我确实认识了形形色色的人类。根据“物以类聚，人以群分”的原则，这些人当然也都跟我一样，有着各种各样的不靠谱。在这些人里面，按地域划分，东北人绝对是外表鲜明、气质独特、“笑果”拔群的一个重要团体。而这些特点，在我的朋友老赵身上体现得尤为明显。

在老赵之前，我对东北人最深刻的认识主要来自以下两种人：充斥北京理发店的、穿紧身裤和花T恤的东北大哥，还有房产公司门口或蹲或站、标配衬衫领带、胸前挂着塑胶小牌牌的中介小哥。前者在“花美男”成群的理发师团体中走独树一帜的野兽派路线，有烟叼烟，没烟叼牙签，伸出手在你脑袋上糊弄两把，然后把手上的剪刀操出砍刀的架势，昂着头撂下一句：“说吧，这头想咋整？”当下人就后脖颈子一凉，恨不得自己把头摘下来双手奉上说：“大哥，你想咋整就咋整，小的不敢有意见。”后者则最善于看人下菜碟，满大街追着本地老太太叫姐姐，没房的忽悠人买房，有房的忽悠人卖房，对于我们这种租房狗则是眼神斜向下四十五度，满肚子盘算着晚租早走，押金不退，以最次的房源换取最大化的中介费。手机每隔两分钟响一次，每次接起来都像日理万机：“哎，哎，×总，您上次那个单订不订啊……没有，谁敢催您，我们俩什么关系，铁子啊！……不过这事儿吧要赶快，后面二十来号人排着队要抢这房呢……行行行，我现在就开车过来。”然后两腿夹紧电动小摩托，一骑绝尘而去。

鉴于我大东北人民似乎倾巢而出，将北京的理发和中介发展成了家族产业一样的存在，所以我对自己在北京认识的两个东北人居然都没有从事上述行当表现出了十二分的惊讶。

其中一个是我的室友胡细腿，虽然她号称互联网产品经理，但衣食住行哪一样都没透露出IT业的高智商极客气质。每天回来皮包一丢肚皮一翻就看起《康熙来了》《女人我最大》《国光帮帮忙》，看到精彩处她还要拍大腿狂笑，品味之低俗，让我在很长一段时间内都怀疑她包包里其实藏着一整套中介制服——每天假装去IT公司上班，其实半路上就会找个犄角旮旯换上笔挺的白衬衫和黑色的西装裤，然后跨上小电动车满大街追着大妈叫姐姐。

另一个东北人，就是老赵。

其实一开始老赵是胡细腿的同事，后来命途多舛，她们所在的公司倒闭了，两个东北人的友谊却保存了下来，并且顺理成章地延续到了我这里。刚见到老赵的时候，我觉得她是一个脾气很好的人，白白圆圆的脸，小眼睛，整天笑嘻嘻的，言谈之间充斥着春晚小品式的诙谐。但是后来事实告诉我，这个人绝不像看起来那么简单，可以说是从老赵这里，我才算深入了解了东北人民这一华夏大地上“战斗民族”的音容笑貌。

胡细腿有一次神秘兮兮地给我看一张照片，当时的安卓机像素极低，加上又是翻拍，画面糊得跟座机拍的一样，但饶是这样，也能看出来是一个长发披肩、容貌俏丽的女孩。“这是你吗？”我问。胡细腿大笑：“什么呀，这是老赵！”

老赵？那个天天男装，头发削得比百分之八十的男明星都短的老赵？当时我正跷着二郎腿吃烧烤，听到这句话差点没喷她一脸鸡翅膀：“她怎么可以这么女、女孩……哈哈哈哈哈哈！”

老赵知道了这事，表情稍显郁闷：“这个不能怪我，都是我家里教坏了。你知道我小时候过生日我老叔给我送的什么礼物不？指虎！就是套在手上一拳能殴出一口血的那种东西！你说他给小姑娘送礼物，送个头花、发卡子、洋娃娃啥的，送个啥不好啊！真是！”

好好的俏丽女孩就地跑偏，这位老叔当然有不可推卸的责任。但俗话说得好，一个巴掌拍不响，收到了指虎也并没有谁规定一定要用来打架斗殴。可是老赵不一样。就像亚瑟王拔出了宝剑，孙悟空抽到了金箍棒，那个指虎也唤起了一个东北少女奔涌在基因里的战斗本能。一时间打学长、打学弟、打完同班的打隔壁班的，课间十分钟别人跟男同学眉来眼去，她忙着跟男同学打搏击，百战百胜，专治各种不服。

老赵说，从那以后她在学校里声名远播，毕竟学习好，长得又清秀，还善于动手的女学生实在是凤毛麟角。可惜，这样鹤立鸡群的好学生难免被老师嫉妒，有时候没犯什么具体的事也要被拎出来说一顿。什么扰乱课堂秩序、乱搞学生小群体，莫须有的帽子一顶接着一顶。但是老赵是谁，替天行道，士可杀不可辱啊，怎么能背负这种莫名的指责呢?

于是老赵回家去，用她本人的话说，把这件事，绝对没有添油加醋，只是实事求是地跟她爸说了一遍。

然后老赵她爸，一条铁骨铮铮的铁岭汉子是这样回答的:“需要我找人打他一顿不？”

老赵想了想，从怀里掏出一张纸:“这是他家地址，这是他家电话，这人大概长这样。”

第二天，老师照常来学校上课，只是腿有点儿瘸，动不动龇牙咧嘴的。当然，他再也没有找过老赵的麻烦。

如果说光有这样一个爸，还不足以衬托出老赵的危险，那么就让我们再来认识一下老赵她爸的亲弟弟，老赵的老叔，也就是那个给童年老赵送指虎、对她寄予“战斗民族”传承厚望的奇男子。用老赵本人的话来说，如果她爸算流氓，她老叔就是流氓的3.0版本。具体表现就是她爸征服老师还要靠拳头，她叔则不是——有一年老赵的“战功”过于“彪炳”，家长会已经不敢叫爸去开，只好叫老叔出面撑场。当天老赵她叔迟到了几分钟，但显然人家不在意这点小事，因为他还是插着口袋慢悠悠地踱进了教室，当着全体学生家长和老师的面，慢悠悠地从烧炭的暖气炉子里抽出一根通红透亮的拨火棍儿，“呲”的一声凑过去点着了嘴角的烟，然后就着同样的姿势，慢悠悠地举着棍子冲老师扬了扬：

“老师你好，我家小赵最近表现怎么样啊？”

那是老赵收获表扬最多的一次家长会。

不过老赵她弟就没有这么幸运了，摊上老赵她叔这么个流氓3.0的爸，分分钟走错人生路，爬错知识树。老赵说他们家品学兼优这件事情是有传统的，她弟就真的是一个品学兼优的好孩子，读书认真，生活自律，写作业不用催，上学不用叫，在她叔全家“读书无用论”的指导方针下简直是一股清流。但就是这样的一个弟弟，有一次经过不懈努力，终于考了个满分回家，老赵她叔、她婶、她奶全家人却围着他，热情洋溢地开展了如下对话：

“你说你怎么回事，小小年纪还学会撒谎了！”

“对呀！撒谎也不会挑个真点儿的撒，你说你都能考满分，谁信呀！”

“对呀，打架都打不过你姐，还满分呢！”

“家里也没指望你读多好，不偷鸡摸狗、不蹲大牢就阿弥陀佛了，这倒好，毛还没长齐呢就骗人！我看这小子八成是废了。”

老赵她弟年纪尚幼，哪见过这种架势，惨兮兮地哭了半天，终于想起来自己还握有重要物证，赶紧从书包里把满分考卷掏了出来。老赵她叔、她婶、她奶传看了一圈，面部表情变得更加凝重了：

“怎么办，这小子肯定是抄来的！”

“撒谎就够可恨了，还抄袭，完了完了，今后没指望了。”

“这事儿不成，得赶紧给老师打个电话去。”

“对！成绩可以不好，人品可不能差呀！”

闹了一大场，最后终于以老赵她弟的班主任大半夜睡得口水横流突然接了通电话，解释半天连说带劝，终于洗脱了孩子的嫌疑收场。

但从那以后，老赵她弟终于明白过来，在这个家里读书好不是最重要的，能打才是。从那以后，老赵的学校里又一枚新晋小霸王诞生，跟着老赵一起横行乡里，打遍天下无敌手，这是后话。

所以，对于老赵她弟能平平安安、人格健全地活到今天，我只能感叹人类这一物种的坚韧与伟大，至于一边忙着给人开瓢一边还真的品学兼优,并且最后还成长为一名优秀的平面设计师的老赵本人，我更是非顶礼膜拜不足以表达自己的崇敬之情。

上礼拜饭局，胡细腿点评起老赵的家族轶事，给她推荐说：

“你去看《亚当斯一家》[3]，基本上就是在拍你们家里歪掉的三观。”

老赵看了之后沉思良久，终于传来观后感：

“嗯，是挺像的。想起来我小时候看《还珠格格》只哭过一次，就是容嬷嬷被打的那一次。”

3. 著名的哥特风电影，讲述了一个典型哥特式家庭阴暗又幸福的生活经历。这部电影最大的特色是以往电影中的邪恶反派通通成了主角，并且幸福地生活在一起，每天拿着刀子互相追打嬉戏，你砍我刺，相爱相杀，一派和谐。（作者注）

ACT IV

小故乡

xiao gu xiang

{ }

我的家乡在这两年突然成了一个“网红”城市。

以前不是这样的。哪怕再往前推个十几年，我坐在疾驰往深圳的K字头列车上，邻座的阿姨嗑着瓜子搭讪：“小姑娘是哪里人啊？”如果回答说是长沙，大抵要收获一个迟疑的眼神，话题也很难往下推进。那时候湖南有名的是湘潭、是浏阳河、是伟人故居，省会相形之下存在感之稀薄，就像《红楼梦》里的丫鬟红玉。论出身她也是管家的女儿，论位置也是宝玉跟前伺候的，模样不差，脑子也不笨，可惜犯了主角的名讳，前面又有袭人晴雯一干名钗，分不到什么实惠，只能随随便便叫个“小红”糊弄过去。

后来有了《快乐大本营》，有了“电视湘军”，长沙的名气终于随着马栏山地区的崛起而飞升，但那也只是名号，跟城市本身无甚关系。外人提起长沙，想到的是数不清的明星、选秀、综艺、演唱会，华丽而喧嚣，只有身居城中的人才了解它的闲散、随意、随波逐流——这里的形容不带褒贬，纯属中立。念书的时候学习本地史，常常被一些冷知识震撼，譬如这座古都三千年来都没改过名字，也没迁过地方。修商业中心挖出了古城墙，南宋、元、明、清一层层垒上去，跟千层蛋糕似的，到今天除了四边往外扩张了些，其他一概保持不变——千年前的市中心就是今天的市中心，千年前的“买卖集”也是今天的“买卖集”，就算历经战乱、大火、改朝换代也岿然不动，倒不是倔，而是一种大致能待得住就不必挪窝的懒。

但那懒似乎又不能完全怪罪于人。长沙是个盆地，湿气在盆底沉积着常年散不出去，冬天是一盆冰水，夏天就是一个蒸笼。

冷的时候开空调是杯水车薪的，必须烤火。电热丝的炉子嵌在木头盒子里，上面一层铁丝网，再一层木头楞子，大家集体把脚伸上去，手塞进去，上面再压上一床烤火被，等待沁进衣服纤维里的水汽慢慢蒸发掉，麻木的脚趾渐渐活泛回暖。这样的火笼子但凡坐上去就轻易不好下来，毕竟屋里的温度恨不得比屋外还低，呵气成冰，只有不间断地烤火才能勉强维持住生活的样子。于是麻将在上面打，饭也在上面吃，时间长了人就像一根烤软乎了的年糕条，顺着沙发缓缓慢慢地沉进去，滑进去。进夏天，大太阳一挂，地上煎熟几个荷包蛋是见怪不怪的。热，没有一丝风，空气跟一坨烧化了的沥青一样，黏糊糊地沾着人的皮烫。没有空调的年月，最好的避暑办法就是静止不动，平躺，放松，减速呼吸，好像你不去招惹热，热就不会注意到你。

冬冷夏热，春秋呢？不好意思，本地人不知道这是什么东西，只知道酷暑与阴冷之外，所有不那么极端的温度里都在下雨，返潮，起雾。我们的四周是湘江，是浏阳河，是梅溪湖，是洞庭湖，地名也是湿的，扫把塘、左家塘、东塘、化龙池、水风井、灵官渡，连老城区正当中都戳着一口白沙古井。地上是水，天上也是水，天与地连起来的时候就要预备防汛。大概每个长沙小孩都有把公交车当船坐的经历，老旧街道的下水堵了，污水要漫到膝盖上来，塑料凉鞋在里面踩来踩去，脚底咕嗞咕嗞地钻过温热的暗流。年年屋里都要淹水、漏水，可我们还是亲近水。豪放的父母常常在夏夜里拎着孩子们去湘江里游泳，图个不收门票，且顺便沾沾伟人的光，好像在同一条河里游过泳就能为家里的宝崽镀上一点灵气。“去，往前头游，毛嗲嗲七十岁了还横渡过！冇得事！”江水湍急，只能手刨脚踩，拼命对抗，倒也没有人害怕，只懊恼自己果然不行，游了半天也不过维持在原地，一寸也没有前进过。

长沙人喜欢玩，但长沙并没有那么多地方可以给大家去玩。一直到民国时期主城区都维持在区区五平方公里内。后来倒是扩大了点，但对于出身天心阁脚下的老口子（长沙方言，指在某一方面非常有经验的人）来说，往西顶到头是湘江，往东是火车站，印象中的故乡也就这么点版图。那时候长沙只有一座大型公园——烈士公园。从一年级到六年级，学生们春游秋游可以连去十二次。进中学了能去远一点的地方，那么就岳麓山，初中三年到高中三年再去十二次。最悲哀的是，湖南作为高考大省，只有本地大学的分数线对苦哈哈的学子们友善一点，于是极大概率大学也考到这附近，连门票都免了，回宿舍的路上拐错个弯都能进岳麓山。很多人在大学交了外地朋友，一听他们说“带我去岳麓山玩啊”就反胃，实在是因为去得太多了。同理还有解放西路，一座城池的夜生活就维系在这条几百米的马路两端，下至十八上至八十都在这一处找快乐，说穿了不过就是歌舞厅、酒吧、KTV。长沙与别处的不同大概在于人们个个都有娱乐精神，且在吃喝玩乐上格外宽容，一直在力求突破。这里大概是唯一一个无论格调多么高雅、装修多么精致的威士忌吧、红酒馆都能点烧烤叫两串烤牛油的福地，蹦迪也不耽误桌上摆着盆口味虾，衣着时髦、妆发精致的绅士淑女们嘬螺蛳嗦粉啧啧作响，台上DJ重拍音浪打着歌，彼此遥相呼应，谁也没有觉得哪里不对。

“吃”拥有本地最大的“豁免权”，也是长沙如今成为网红城市的重要根基。北方人见面互相致意“您吃了么”在这里只会惹人迷惑不解——还有没吃的时候吗？一日三餐，夜宵下午茶，间中还有一万种磨牙消闲的零食小吃，咸甜兼备，丰简由君。连童谣里都充斥着食物：“月亮粑粑，逗里坐个嗲嗲，嗲嗲出来买菜，里面坐个奶奶，奶奶出来绣花，绣个糍粑。”可见自古以来湖南小朋友们就食欲大于诗意，“举头望明月，低头流口水”。

长沙人的一天从下午开始，五点准时下班，一脚油门赶去新派湘菜小炒聚餐，吃饱了搓个八圈麻将或者赶时髦来两局剧本杀，手边有槟榔奶茶臭干子，夜里十点捏个脚中场休息，热卤和烧烤适时登场，晚晚彻夜高歌，天蒙蒙亮踩点出门，正好吃到头汤的榨菜肉丝粉，加个刚出锅的煎得喷香的荷包蛋。

这里的原住民都是老饕，游客没来之前就热衷于探店排队，游客来了之后更是把本地GDP抬高到让人看不懂的程度。现如今我们散落在天涯的长沙伢子回趟家都要专程看一眼攻略，不是为了凑热闹，主要是得提前绕开热门排档，以防堵车。老一辈动不动念叨，说当初那些靠支个小摊讨生活的落魄牌友们如今个个发了财，靠着凉拌捆鸡或刮凉粉实现了晚年财务自由，“世道变了，从前他们连个正经单位都没得！”不过还好，新晋富翁们骨子里依旧淌着长沙人的血，门口贴张纸“放假一天，莫排队了”就能随时过来凑齐麻将桌的四条腿。哗啦哗啦的洗牌声应和着奔涌的湘江水，潇潇洒洒，至于钱么，生不带来死不带去，再多钞票也买不来当下的快乐。也就是这样的人，这样的地方，组成了我嘴上说着不喜欢，但又频频回望的小故乡。

ACT IV

女孩子的女朋友

nv hai zi de nv peng you

{ }

男孩子有女朋友，女孩子也有女朋友。

当然，这两者的性质很不一样，男孩子的女朋友大抵是用来送花送礼物一起玩耍找快乐的，女孩子的女朋友，却好像远不止于此。

其实要论起来，女孩子的女朋友叫“闺蜜”也不是不行，甚至会更精确，“闺中密友”嘛，要的就是那种无话不谈、抵足而眠的私密感。可惜，现在这词儿在大众叙事里已经变了种，被泼上了“绿茶”“撕逼”“心机”的污水，短时间内洗刷不净。

说是“姐妹”呢，又没有血缘关系，虽然比起真正有血缘关系却话不投机半句多的表姊妹，她们才是贴心贴肺、知冷知热的人，有时候都不必开口，一个眼神就能领会你的不便和难处。“老铁”太硬，“哈尼”太软，“宝贝”“天使”“小心肝”又嫌甜腻且洋派，不符合我国的国情。于是那些生命中重要的女孩子们，就只好姑且称呼为女朋友了。

说起来也并非没有共通之处，女孩子跟女朋友也约会，逛街吃饭买衣服；也喝酒，逗趣说笑讲心事；也热情似火，聊得来了微信互通到半夜，消耗一万个表情包；也有冷淡期，说不清道不明地，不知不觉间就失去了联系。

其实每一个交过心换过帖拜过把子的女孩我都记得：小学的那位长着俏皮的虎牙，趁中午带我回家，在当年还算稀缺资源的Windows 95电脑上一起玩扫雷；初中的那位丰满可爱，把满柜子的《名侦探柯南》一本一本地借给我看；高中的姑娘是个小圆脸，天天混在一起跟我五毛一块地凑份子就为了回家路上能同吃一份脏摊上的麻辣烫；大学时代是一个纤瘦的大高个，买了热腾腾的鸡蛋灌饼从来都让我咬第一口。工作后，我在第一家公司的女朋友长得像《大醉侠》里的侠女郑佩佩，跟我一起靠着沙发熬夜，东一集西一集地看全了五季《欲望都市》；第二家公司的女朋友坐在我的左手边，是唯一一个可以跟我搭伙狂啃超辣鸭脖的女汉子；第三家公司女孩儿很多，最热闹的时候我们组团过生日，四个蛋糕烛火茂盛，一起嘻嘻哈哈地恭喜彼此提前当了百岁老人；第四家公司的女朋友后来成了我的搭档，跟我一起出来创业开了公司。

除了她们之外，还有一个维系超过二十年、时间长得打完两次抗战还有得找的“铁瓷”。

当年我们都还没有男朋友，于是情人节就腻在一起牵手悠游，给对方送面子十足的巧克力和花。而如今她已经远在余杭，我只有在写文章的时候才能顺畅地表达对她的脉脉温情。一年里我们好不容易才能真见上两回面，却又很容易为一些事情争执起来。虽然归根结底是因为过度关心，才会忍不住对别人的人生指手画脚。但道理说起来容易做起来难，下一次见面，依然是我劝我的，她说她的，总在莫名其妙的黑脸、冷淡、不高兴中度过。

这还不是最糟的。还有些人走着走着，就彻底不见了。

大概是因为我一直在扮演那个负心的“坏男人”吧。从小学到大学，从一家公司到另外一家公司，认识的人换了一拨又一拨，我有过那么多牵手吃饭、同路回家、结伴上厕所、互讲小八卦的女朋友。可是一旦换了一个环境，曾经的亲密伙伴就会慢慢疏于联系，还原成最熟悉的陌生人。

有时候我也在想，为什么我就能残忍地对待这些前闺中密友，像扔掉一堆过了保质期的罐头。说冷血吧，看一部无关紧要的电影我都能哭得鼻涕横流；说健忘吧，事到如今我连最早的那位女朋友家的电话号码都记得。在这样沉重的反思中我好像理解了那些女朋友常换常新的花花公子，说不定他们中的有些人只不过得了跟我一样的病，只能靠日常维系，却抗拒长久的亲密，因为畏惧那亲密背后所蕴含的巨大承诺——无论世事变迁，不管是否话不投机、相看两厌，我都同样爱你，而且相信这巨大的爱足以打败磨灭一切的时间。

我是这样一个畏惧感情的人，所以我才真正敬佩那些坚持到底的傻瓜。比如我的那位“余杭姑娘”，十几年如一日地赞美我的才华，担忧我的前途，操心我的经济情况，关注我的人生大事，隔着一千多公里，坚持不懈地给我介绍男朋友和工作（而我却老是三言两语匆匆打发她）。我也曾突然就打起背包，飞到她在的城市只为了一起吃一顿饭，而她虽然老被我冷藏不搭理，却还是一如既往地打着哈哈跟我胡乱聊天，仿佛从来不曾有过芥蒂与隔膜。

我想，像我这样的人渣，如果不幸投胎成了男孩子，到现在脸估计都被姑娘们给抽肿了。但还好我是女人，同我最要好的那些女朋友们也是女人，女人给女人的理解和包容可能是世界上最好的精神滋养品。正因为我们不是情侣，所以永远不必讲分手。

ACT IV

更衣室

geng yi shi

{ }

“你是女的怎么也看球啊？”

这句话在今天大概不常见了，但在青春年少的回忆里，我可没少收到类似的疑问。二十年前，男孩子们对足球的爱大多来自亲自下场、爱屋及乌。踢球是最方便的cosplay，套上蓝白条或黑白相间的球衣，印上心中偶像的号码，似乎就能真神附体，抽射出最刚劲刁钻的进球弧度。而女孩子呢——“你是不是就认识个贝克汉姆啊？”“啥？你看德甲？德甲有帅哥吗？”

我看球，确实是因为一个男孩，但他不是职业球员，更不是帅哥。

那一年我高二，千军万马过独木桥的压力近在眼前，又赶上文理分科的当口，为了能逆天改命挤进重点班，我几乎把自己关进了真空舱。用功的不止我一个，大中午的没有人睡午觉，所有留校的人都在背书，从“豫章故郡，洪都新府，星分翼轸，地接衡庐，襟三江而带五湖”到“意大利的资本主义萌芽、宗教改革与文艺复兴”，一遍遍地循环，一遍遍地刻进大脑的沟壑里，高速，枯燥，神经质，比窗外的蝉声还要惹人焦躁。为了躲避这种群体性的焦躁，我从花坛到楼梯间寻摸了个遍，最终发现了一个罕有人至的小天台。可能因为盛夏的暴晒，这里几乎不太会碰到同学，我缩在有阴影的一角，一边描摹着中北欧遥远而清凉的海岸线，一边狼狈地淌着汗，勉励自己只要能完整地背出二十个考点就奖励一根冰棒，立刻，马上。

那个监狱一样的小天台有着上锁的栅栏和三面白墙，除此之外就是一个消防栓的铁门，淡青色，严丝合缝地嵌在墙里。人一无聊难免“手欠”，我在攻克一整本政治大题的间隙持续不断地用手抠着那扇门，终于有一天把它给抠开了。奇怪的是，我居然不是第一个打开它的人，因为那扇铁皮的背后，一个苍劲的笔迹写着一句话：“天台的香烟是男人的眼泪”。

我不知道这个现在看来如此好笑但当时觉得非常牛气的话是哪个男孩写的，他又是如何完美避开了我存在的时间，量子纠缠一般地跟我在不同的时间做了一样的事。“男孩”，是的，我坚持那是一个男孩，而不是他笔锋下扮演的男人，毕竟十来岁的年纪，男孩对于我们才是最神秘又惹人厌烦的存在。他们既是玫瑰色少女梦里的浪漫王子，又是会恶作剧弹你内衣带的后桌小痞子，以往这两个形象泾渭分明地各自待在偶像剧与教室里，但在这扇平平无奇的铁门背后，他们似乎第一次合二为一了。

我猜想写下那句话的是我的同桌，毕竟他是我认识的唯一一个会抽烟的人。

同桌是一个长相平凡的“卷毛男”，小腿倒是修长挺拔，以至于有时候我趴着闭目养神会忍不住往桌子底下瞄两眼。他学习不好，有点痞气，却是班级足球比赛的“黄金右脚”，热衷于招呼全班一起参与校际比赛，哪怕我们绝大部分都是女生，且对复杂的球场规则一窍不通。在漫长而煎熬的高中生涯里，是他自顾自地掀起了帘幕的一角，放进一点奇异又快活的空气。在他的熏陶下，我第一次把目光从书本转到绿茵场上，听他说卡恩的外号叫狮王，贝克汉姆与卡西利亚斯有某种“基情”，又跟着他学着分辨任意球与前场任意球，在上课的时候用伪装成一支笔的微型收音机听世界杯直播。

我会说这些细小的碎片是因为，高二那年夏天我们终于结束了分班考，我如愿以偿去了文科重点班，卷毛男则留在普通二班，曾经团结的小集体在一张合影之后马上就要重新打散，各奔前程。告别的那天卷毛男不知道怎么了，非要组织着跟隔壁班踢最后一场比赛，作为阴盛阳衰的文科班仅存的硕果，卷毛男踢得很卖力，但最终我们还是输了。我记得那天傍晚的火烧云彩，散场的人们叽叽喳喳地慢慢走远，当我经过那个临时充当更衣室的昏暗小房间时，我看到刚刚还在场上跟敌队笑着推搡的卷毛男，慢慢地蹲到地上，然后哭了。

很奇怪，我的记忆里横插进了这样的一段画面——卷毛男在天台，好看的小腿从栅栏里伸出去，悠闲地垂坠着，不属于这个年龄的、代表着叛逆的烟雾模糊了他的眉眼，而我抱着《萌芽优秀作文选集》给他留言：“别哭，你没有失败，人生不是由这样的事情决定成败的。”

我不确定这件事有没有发生过，但我确定我写不出这样的台词。那时候的我还没有长大，人生的地心引力还没有抓住我，真正沉重的失败还没有来得及碾压到轻盈的灵魂上。当然毫无疑问我是有遗憾的，关于青春的空白，关于没说出口的共情与怯弱，这个遗憾伴随着那句不确定主人的留言延宕至今，最后被辗转寄托在了绿茵场。我知道我可以支持国家队也可以偏爱职业联赛，可以选择英超也可以关注西甲，可当我真的拥有看球自由的时候，却鬼使神差地选择了沉寂已久的德国。他们的战术可能并不精妙甚至有些笨拙，但，怎么说呢，也许是那种横冲直撞愣头青一般的孤勇击中了我，令我嗅到了封存在多年前那个夏天的，散场时蒸发着汗水与泪水的微热空气。

后来的十年，德国队陪伴着我的人生起起落落，有过世界杯夺冠的辉煌，也有过小组赛打道回府的耻辱。说来奇怪，比赛的胜负虽然也让人心潮澎湃，但每一场球赛我最喜欢的时刻从来都不是进球，而是那些结束时的跟踪镜头，确切地说，是更衣室。

在那里，男人们紧绷的肌肉和意志都松弛下来，打着赤膊走来走去像一只只慵懒的豹子。外面的世界是九十分钟的残酷战争，会撞击，会拼抢，会见血，会摔个七零八落，杀个你死我活，但回到这里，不论汗水还是泪水，都可以尽情地任性地流淌下来。

我喜欢他们在一堆汗污的球衫、毛巾和空瓶子之间欢呼胜利或者承受失败，诅咒敌队成员，嘲笑足球官员，哪怕是咒骂都表达得如此淋漓尽致。我喜欢教练在每一次比赛前的慷慨陈词，十几场比赛场场不重样，捏紧拳头，微微弓起腰，好像野兽那样大喊：“我们的敌人这次想要维护自己的尊严，但是我们不会给他们这个机会！”“阿根廷人把足球当成最好的玩具，那么给我抢走它！”“胜利！胜利！胜利！”我喜欢他们赢球回来的得意忘形，输球之后的沮丧沉默，再次站起来的乐观坚强。仿佛只有在球场上，男人们才可以名正言顺地做一个孩子，纯粹、血性、暴力、顽强，为虚无的荣誉拼尽最后一滴血。

最重要的是，那时候，每一个他们好像都成了卷毛男的战友兄弟，替他快意恩仇，替他无怨无悔。他们闹哄哄地挤满当初那个昏暗、简陋的一楼教室，拍拍肩膀对他说，没有关系，我们永远年轻，永远还有下一场。

ACT IV

我也曾这样，青春大概相似

wo ye ceng zhe yang, qing chun da gai xiang si

{ }

有段时间很喜欢看美剧《欢乐合唱团》。其实认真论起来，剧里美国高中生的爱恨情仇像清水一般浅白，一眼望得到底，要说有多深的内涵是谈不上的。但看到第一季最后一集的时候，负责领导合唱团的男老师说了一段话，大概意思是，生命只有一个起点和一个终点，剩下的都是过程，也许今天你把合唱比赛看得比天大，但过了几年之后可能就连身边伙伴的名字都回想不起来了。所以，大家每一次都全力以赴，享受现在吧。

听到这番话的一瞬间，我的脑袋左边瞬间有个1.5瓦的小灯泡被点亮了——过程，过程，我说我为什么对这群缺点一堆还很“drama”的青少年这么有共鸣，因为其实我当年也是这样过的！

是不是天底下所有的励志故事都是一个套路呢？我是说，当初我也是一个刚减掉一身肥，但意识还停留在胖子时代的自卑新生，勉强够上了一个过得去的学校，身处非重点班，旁边环绕的是一帮同样冲击一线重点失败的“废柴”们。高一的生活温温吞吞，谈不上什么趣味，大概本来学校也不是为了让我们感受趣味而存在的。想什么呢？不知道还有一千多天就高考了啊？老师的视线鹰隼一般扫射过来，一群人老老实实地把周杰伦的磁带、《萌芽》杂志和《哈利·波特》塞进桌洞深处去，就这样过了一天，再过一天。

直到某一天，我们班上来了一对实习的英语老师。男老师有点痞痞的帅气，女老师白白瘦瘦的很是温柔（后来他们毫无悬念地成了一对），然后他们说："学校想组织一次英语艺术节，念念诗唱唱歌什么的太普通了，不如咱们来排个音乐剧吧。"

这件事让我至今想起来都觉得厉害的几点是：第一，老师给我们选的不是什么打发小朋友的简单童话，而是欧·亨利的《警察与赞美诗》；第二，表演的串场歌全是从当时特别红的《音乐天堂》里找的，Craig David的*7 Days*和S Club 7的歌词"Don 't Stop Never Give Up"被堂而皇之地抄在黑板上，而我们毫不马虎地跟着老师一句句学唱；第三，那位帅帅的老师还伙同他的另一个同学，专程教我们跳了两段街舞。十五六岁的少年们大部分还在童年与成年之间摇摆不定，哪里曾被这样郑重平等地对待过，忽然之间，这个节目就像一个信号，它告诉每一个人，你们被允许长大了。

有将近一个月的时间，每天中午我们都扛着英语课的大录音机组团爬上天台，一边放着自行转录的卡带，一边反复排演着那个后来被我们倒背如流的故事。每一个女生都特别卖力因为我们都暗恋着小男老师，每一个男生都特别卖力因为他们都暗恋着小女老师。经费没有，道具就用纸糊，每天都被弄出新的洞，每天又再刷一层颜色补回去；人数不够，我们就身兼很多角色，从路人甲到唱诗班成员，戏服都是自己准备的，换一个人物就剥一件，层层叠叠，脱下来全是年轻的汗。

初赛的时候我们被安排在顶楼天台旁边的一个小厅里，身边是拿了班费统一置装梳化、表情高贵不可方物的重点班同学。我们晕晕乎乎地上了台，晕晕乎乎地演完了，晕晕乎乎地挤到门外逼仄的小走廊里等待结果。我记得那个时候已经是深秋，半封闭的走廊一直有小风呜呜地吹，女孩们穿着夏天的T恤和裙子哆哆嗦嗦地挤在一起，嘴里嘶嘶地吸着气。然后，领队的老师走出来宣布结果，然后，大家轰的一下，全都热了起来。

之后就是典型的鸡汤情节了：我们登上了决赛舞台，打败了重点班，获得了第一名。一张奖状被贴在教室后墙的黑板报上方，金灿灿的，衬得再上面那几个“好好学习　天天向上”的大红字都喜庆起来。

然后呢，然后半个学期过去，一切庆祝、议论、欢腾的荷尔蒙都挥霍完了，奖状上的金粉褪了颜色，我们就回到了苦逼兮兮上学放学的日子。没完没了的作业，考试，放假，再开学，为了试卷上的一个分数寻死觅活。再然后我终于考去了重点班，再然后我们渐渐断了联系，再然后，大家站在一起拍了个面目模糊的合照，就毕业了。

就像《欢乐合唱团》里的老师说的那样，我果然忘了他们的名字，当初那种不知道是因为冷还是因为紧张的、整个内脏都抽到一起颤抖的感觉也很久没有体会过了。后来我发现那个比赛确实不是什么大件事，甚至高考，甚至工作，甚至失去工作都不是什么大件事。生命是一个过程，像奔去大海的河水那样无情地、不紧不慢地流过，所谓得意与失意，不过是偶然反射到太阳的金光或冲击起浑浊的泥浆，只是在短短一瞬间激起一点不一样，然后又寡淡地、自顾自地前行下去罢了。

只是啊，之后的很多年里，当我意识到自己为什么不会把自己的大脸P成一个锥子然后躲在后面催眠自己“我很瘦我很美”，为什么能在大庭广众之下勇敢站起来发言，为什么能打起一个背包揣着随时会饿死的几千块钱走南闯北时，我都会模模糊糊地想起那次比赛：一阵掌声之后，全场安静下来，心跳如擂鼓，呼吸变得很响，我们从漆黑的后台冲向舞台中央，头顶的大灯从摇曳的深橘色唰一下点燃。沉浸在强光中的我们看不清楚观众席，甚至看不清楚对方，我们只是，只能，站定位置，深呼吸，然后开唱。也许正是那时候我领悟到，无论多么的不完美，终其一生我都将是这个舞台上骄傲的演员之一，我不再畏惧他人的眼光，更不会畏惧自己，创造奇迹固然很美，但更珍贵的，也许就是从这儿开始萌芽的、努力跳出平庸的自信。

或有一天，当你大了，城府开始深了，女士们先生们，请不要忘记这样的青春。总有一盏大灯为某个时刻亮起，它照亮那个年轻无畏的你，以及接下来再苦再累也能无悔投入的人生旅程。

ACT V

第五幕

步履不停

『

但很奇异的，不再有焦虑，也没有痛苦，仿佛马拉松跑过了极点，肺也不痛了腿也不麻了，只是前进，一步一个脚印地前进。那种感觉，好像又回到了三十出头，一切都可以是未来的选项，但并非个个都是必选项。

』

吃与胡说

chi yu hu shuo

{ }

有人说世间万物在中国人的眼里只能分为三类：能吃吗？好吃吗？不好吃的话大补吗？总之一句话：只要毒不死，什么都能试着往嘴里放放。《本草纲目》里从人指甲到锅底灰都可以吃，俨然一部异食癖大全。平常到我们这种不能再平常的人家里，日常是小葱豆腐辣椒炒肉的，也少不得吃过三五斤蛤蟆十来条蛇。尤其是我妈，她最喜欢吃活生生的食物，说起来就是“鸡要呷叫，鱼要呷跳”。我俩坐在一起看个《动物世界》，我对着毛茸茸的小动物萌得两眼放光，我妈也两眼放光，同时吸溜吸溜地流着口水。早个两年她还打电话问我，说湘西来的阿姨想送点风干的黄鼠狼肉，不知道该怎么吃，我跳着脚地叫她不许收，野生动物本来就不合规，万一带点细菌病毒啥的岂不是嘴上一香全家玩完？我妈还在犹豫：“可是人家一片心意呢，特地坐车带过来的，还说吃了对身体好……”

能有多好呢？无非是氨基酸蛋白质碳水化合物的组合。再一查资料，果然又是《本草纲目》，说是黄鼠狼的心肝能治心腹痛，一个字没有提肉。看来即使是在异食达人李时珍眼里，“能吃、好吃、补身体”三类它也充其量只占其一。常年的斗争经验告诉我，对付中老年人，讲道理是最无用的，要想效果好，只能以毒攻毒，以魔鬼对抗魔鬼。于是我告诉她：“北方民间传说‘五大仙’狐黄白柳灰，黄鼠狼可是排第二的，人家是有灵性的动物呢，抓了不算还杀，杀了不算还曝尸千日，吃了人家不会记你的仇吗？”果然，一旦祭出封建迷信，再补的肉也不香了，我妈连夜电话追过去让人家留着不用带来了，补不起，补不起。

我倒是没有遗传我妈的肉食动物本能，但也有奇怪的嗜癖，就是爱尝怪东西。一桌人出去吃席，光听名字猜不出食材配料是什么的那道菜一定是我点的。头几年经验尚浅，容易被文案迷惑，“霸王别姬”端上来是土鸡炖王八，“火山飘雪”一揭盖子是凉拌西红柿的亏也是没少吃过。之后饮食版图逐渐扩大，开始专注于没有尝过的食材与口味：云南三十五个科九十六个属二百五十种食用菌各有各的滋味，湖南的辣与四川的辣及贵州的辣也是天与地的差别，中原人喜面，广东人喜鲜，福建的一切都是原味，山西无醋不成席……

再往后见识多了，开始放眼世界。

越南咖啡馆里看到一份饮料叫“得隆奶”，侍应生千叮万嘱地劝了半天，“吃不惯”三个字重复了一百二十遍才终于给下了单，端过来一看，原来是打散了的生蛋清，里面可能还有姜汁，意外地不腥，还浓郁爽滑。去日本尝了马肉刺身，切得细细薄薄一小盘，吃之前要先往里打一个鹌鹑蛋黄搅发搅发。意大利有一万种生火腿和芝士的排列组合。韩国的章鱼切下来还会动，吸盘在口腔里扒拉着不肯进五脏庙，一边吃一边觉得罪孽深重，少不得多念几遍阿弥陀佛早登极乐。我本来并不喜欢生食，平日里吃饭也挑嘴得很，但一见到没吃过的就食指大动，兴趣大发，倒不是多馋，就是好奇，可能有的人用眼睛了解世界，有的人用耳朵，而我用舌头。

“和平”的食物当然也有，比如糖与脂肪的罪恶集大成者——冰激凌。天知道全世界有了多少种冰激凌的口味！我敢保证一定比云南的菌子还要多。人类的想象力在冰激凌上得到了奇怪的飞跃，先是跨越了奶与水果排列组合的安全区，向着酒类高歌猛进，清酒味、茅台味、黑啤味，一一尝过，倒是可以想象的好吃，毕竟有奶味酒和酒心巧克力珠玉在前。可接下来的发展就有些始料未及：咸蛋黄味冰激凌好歹能从月饼上找到一丝丝血缘关系，臭豆腐味冰激凌也能跟芝士味勉强拜个把子，可红油猛辣味和东北铁锅炖味就真的感觉狂气四溢，十分暗黑，教人从内心里发出一声呐喊——这要不在有生之年尝一尝，岂不是枉生为人？

难吃的东西吃了许多，不能吃的似乎也尝过不少。小时候“民间”盛传钢笔水是甜的，且红蓝黑各有味道，其中以蓝色为上佳。我少不得一一品鉴过去，怎么说呢，比起甜，更记得一股铁锈味，不知道是来自墨水还是笔尖。那外星人似的染色花舌头让我在家里少说了许多话，生怕一不小心被大人发现要讨来一顿打。又有人说某种花屁股是甜的，某种叶子梗是甜的，连树上抓来玩的泛着金属光泽的甲虫也是甜的。我不敢去抓，倒是敢伸长了舌头，让胆子大的小伙伴捏起来给我放上去尝尝，万幸的是活到现在了暂时还没有看到中毒的迹象。

直到长大了这点精神头依然没有下去，新闻说任天堂的游戏卡带为了防止儿童吞食，特地在上面涂了上榜吉尼斯世界纪录的苦味剂苯甲地那铵。世界最苦，那得是什么味儿啊？我和大家一样地想着，不同的是脸上多了一份兴奋和憧憬。等到游戏卡带寄到了，不忙着玩，先忙着舔，怀着复杂的心情伸出舌头——啊，真是苦的，不是中药的酸苦，也不是咖啡的香苦，更不是鱼胆的腥苦，就是苦味本苦，十分纯粹。我感到难吃之余倒还油然而生一点钦佩，觉得这味道行得正坐得直，不靠其他的复合味惹人讨厌，光凭自己就能杀得人皱脸皱眉，颇有岛国死士遗风。

我怀着这样的胆识走南闯北多年，荣获亲友颁发的“便利店奇怪零食百科全书”“洋快餐新品踩雷大师”“自己点的菜自己哭着也要吃完之能者”等等毫无气势、目前看来也没什么用的头衔。钞票花出去不少，快乐回馈得也挺多，其中大部分不是什么真的美味，但对于一条好奇的舌头，新奇和丰富的体验，确实比单纯的好吃要来得更为满足。

ACT V

咬一口生活

yao yi kou sheng huo

{ }

1.皮蛋

皮蛋好吃，但我也不是一开始就稀罕吃它的。

往前倒推几年，当我还在老家扮演一个肥胖而古板的中学生的时候，皮蛋这种腌臜小物，连同腐乳、剁椒、辣萝卜干在内，都是入不得“本座”法眼的——不怪别的，都怪我有一个炒菜技能爆表、简直算是人间外挂一样的厨神老妈。这位妇女的厨艺，用她本人的话来说，就是：“你可以说我人品不好，但是不可以说我菜炒得不好吃。”纵横长沙饮食界几十年，除了臭豆腐腌不出来，我妈已经做到了吃完任何一家馆子的拿手菜，回家就能分毫不差地原样复制一份。不过俗话说得好，卤水点豆腐一物降一物，老天爷安排投胎的时候都是搭好班子的，相生相克，分毫不爽。所以有多么能做菜的我妈，就有多么难伺候的我。

“娇狗上灶。”这是我妈拿来形容我、掷地有声的四个字。不过按现在的理解，那些年我应该只算是把中二病犯在了一个非常特别的领域而已。别人跟家长的矛盾在于早恋、追星、偷看日记本，我跟我妈却永远都是为了吃——鸡鸭嫌腥气、扣肉嫌油腻、心肝肚肺肾有的嫌膻有的嫌臭有的嫌口感古怪，猪肉不吃肥的、羊肉只吃带皮的、筒子骨炖红白萝卜只吃红萝卜但是白萝卜又不能不放。饶是这样，我妈还能一个多月不带重样，每顿饭变戏法似的端出两荤两素一道汤来，看来江湖上传说她一个饭馆只开了两年多就挣下我家买房子的钱，果然所言非虚。

不过这种无厘头的挑剔一直被限定在某种严格的范围内，一言以蔽之，就是穷。贫穷是一道墙，我从懂事起就被圈在里面，离得远随便哭闹也没啥，一旦离得近了，伸腿蹬脚撞上去，疼的就是自个儿。落地之后赶上如火如荼的改革开放，大锅饭、下岗潮、做餐饮、卖凉菜、倒腾古玩，有多少次创业就有多少次失业。屋里男人缺席得早，我妈驾驶着这个家在时代的浪潮里起起落落，好的时候自助烤肉让我吃到饱，买得起上千元的品牌牛仔裤，差的时候一毛钱都没有，过生日也是拆块饼干点根白蜡烛糊弄过去。

有一阵子我妈做小生意北京长沙两头跑，舍不得买卧铺，座票又难抢，常年夹着板凳十几个小时无座票硬挺过去。等回到家腰都直不起来，自然也没心情弄什么满汉全席，取而代之的只有半硬不软的蛋炒饭、老得硌牙的冰冻肉，或者干脆塞一桶方便面就把人打发走，连泡面的水都得我自己烧。在这种情况下，曾经看不上眼的食物也成了最奢侈的期盼，实在挑不出下饭的菜，只好双爪合十，卑微到尘埃里去求我妈：“要不，再做个烧辣椒皮蛋给我吃吧。”

于是燃气灶再次被打开，几根湖南本地产的、瘦长身材的墨绿青椒被草草冲洗，然后由一双竹筷夹着，刺啦一声，直接丢到火里去。等到表皮烧黑，椒香四溢，复又由那双竹筷夹着，刺啦一声，丢进一个盛满凉水的大碗里，一通揉搓，刮去外面炭化的硬壳，浇上酱油和醋，再把新剥壳的两枚皮蛋丢进去，连切也不切，直接拿筷子捅个五马分尸，搅和到一起，一碟子鲜香辛辣的小菜就此出炉，前后费时不过三五分钟，不但用不着洗锅，连砧板都不用拿出来。

就是这么一道饱含茹毛饮血气、粗糙得有些野蛮的菜肴，居然也支撑起了我青春期旺盛的食欲。半熟的青辣椒拥有大型猫科动物般的凶猛，一口下去，舌头上就像被一只爪子给挂住了，而且顺着食道一路划拉到胃，一条龙式的火辣。而皮蛋半液体化的、流浆的蛋芯又奇迹般地中和了这股杀气，仿佛打一个巴掌给一个枣，咻咻吸气的同时已经在期待下一口。“饱饫烹宰，饥餍糟糠”，搁从前一桌子好菜热气蒸腾、四相俱美，我偏偏猪油蒙了心似的毫无胃口，轮到只剩下一碟凉菜配着白米饭了，却又食指大动，分分钟能再来一碗。我的人生，大抵也就在这吃与不吃、贱与犯贱的历程中来回拉着锯。

俗话说在家千日好，我却从小到大，分分钟都恨不得插上翅膀，就地远走高飞。故乡灰暗的天色、焖锅似的空气、一百年不会变的穷街陋巷、差劲得要死的亲戚关系让我心生厌倦，本着不想跟贵宝地产生哪怕多一点儿羁绊的原则，我完全没有类似多交朋友或者开拓版图的欲望，只埋头当个无趣的人，每天两点一线，心事重重地往返于学校与家之间。那时候，能够点燃色彩、照亮生命的东西多来自电视、书本、收音机，打开来就能连接到外面的城市、外面的国家、外面的大洲和外面的宇宙，就连食物，也觉得学校门口五毛一串、点上葱花和辣椒水的油炸豆腐干和韭菜卷，远胜家里一本正经的三菜一汤。

这样的日子熬到了大四，突然有一天，我得到了一个千载难逢的实习机会。未来的主管给我打来电话，大概交代了一下工作内容，然后有点迟疑地停顿了一下：“……嘶，唯一有一点，就是要来深圳上班，不知道你愿不愿意……”

我愿不愿意？当天晚上我就四处托人订机票打包行李寻找住处通知所有朋友，你说我愿不愿意。

我这么积极，我妈却并不。她只是一边加倍地翻着花样给我做菜，一边念叨着什么“吃一顿少一顿，以后想吃都吃不着了”。好像不是送我去上班，而是送我去上刑。但那时候我哪里能想得到那么多啊，我能想的只有：以后我就有工资拿了不用看人脸色吃饭了；以后我就爱几点钟睡几点钟睡爱几点钟起几点钟起了；以后我就可以吃遍一切我想吃的街头馆子，不用考虑到点回家了……新鲜，新鲜的明天在向我挥手，至于什么人生中的第一次远行和离别、独自一人背井离乡的情绪等等，当时我只想说八个字——不要在意那些细节。

所以怪不得他们都说，出来混，还是年轻点好。当你年轻，一切可能的困难都不算困难，新鲜感会在痛苦上面包裹一层厚厚的糖衣，让你短时间内都舔不到骇人的内核。记得刚到深圳的时候，接待我的房东是号称表哥的同学的远房亲戚之类，概括起来就是“沾亲带故的，好歹能有个照应”。但事实证明，人还是要拣熟的杀，就像柿子一定要拣软的捏，所以这间当年耗资一千大元的房间除了一个扔在地上的破床垫、一个背板破了大洞的单人衣柜以外一无所有。虽然这与我幻想的吹着晚风坐上露台，一杯红酒配电影的新晋白领女青年生活落差巨大，但也并不妨碍我以外出野营的心情往床垫铺了两件衣服，往脑袋下面垫一个书包就迅速沉浸到自己的美梦里去。

刚开始的一个礼拜还算有趣，如果不算上只比房租多出两百块的实习工资、来回两个半小时的通勤路程以及十五块钱一个盒饭的巨大消费压力的话。其间我跟我妈通了两回电话，出于一种古怪的逞强心理我只字不提那些触手可及的落魄，只顾着大肆渲染新生活的精彩，今天去这里录节目明天去那里开会。事情都是那些事情，但全跟开了美图秀秀一般，升华得鲜艳玲珑，惹人艳羡。不过逞强归逞强，转身挂了电话，还是得想想自己仗着手头那几张可怜巴巴的毛票，明天还能吃些啥。

一般来说，故事进行到这里，自然是“外面的饭吃不起就回家里做”了。但屋漏偏逢连夜雨，当我鼓起勇气准备节约开支、在天天加班的超长工时之外再挤出一点可怜的时间来买菜做饭时，却发现房东家似乎并不鼓励我这样的行为。他们的拒绝表现在每天坚持不懈地划清界限上：把我放在客厅里、走道里、卫生间角落里的东西扔回我屋；锅里、盆里、冰箱里永远都是满的，不给人留做饭的余地——没有饭吃，这对于吃了二十年私家厨房满汉全席的我来说简直是不可想象的。

在这样严酷的生存环境下，我只好吃了整整一个月的超市切片白吐司，三块九一袋，隔夜的半价。有时候回来太晚肚子又太饿，还没开灯就胡乱往嘴里塞上一片，后来定睛一看，剩下的面包上已经起了淡淡的霉斑。饶是这样，也并不觉得恶心，只是在扔掉的时候，有种浪费了宝贵食物的、发自内心的懊恼而已。

我11月到广东，两个月以后就迎来了自己第一个独立的生日，一如既往地没有蛋糕，不同的是，这一次，连白蜡烛也没有人给我点了。入冬的深圳有一点点冷，到了晚餐时分，被万家灯火的热闹一衬，我的处境更显得分外凄凉。那时候我也不知道是哪里来的勇气，终于一鼓作气地跑出去，用仅剩的钱买米买菜，像一个异教徒那样顶着房东全家人的白眼走进厨房，奋勇地腾出电饭锅，蒸了一碗米饭，扔上几节香肠，然后自己开火剥壳，手脚利落地做了一碗烧辣椒皮蛋。

十几分钟后，久违的饭菜香气蒸腾上行，映着昏黄的低瓦数灯泡，像一个灶台前的临时神龛。我吸了吸鼻子，捧着那只碗，什么也没做，只是站了一会儿，感受着来自新鲜碳水化合物的、沉甸甸的分量。然后我小心翼翼地夹起一段辣椒，第一口下去就涌出了眼泪——广东产的淡青色辣椒看着清新讨喜，却完全不辣，还有一股令人不快的生水味，皮蛋的黄儿也干巴巴的，颜色寡淡，像是放了太久。记忆中的鲜辣活泼轰然褪色，成人世界的光鲜糖壳也挡不住鼻腔倒灌进来的咸涩。“真难吃啊。”我想。所以吃货如我，一定是为了吃到这么难吃的东西而哭，绝不是为了生活。

2. 炸鸡

从1987年第一家肯德基登陆中国至今，我们这代人用整个青春完成了对洋快餐的祛魅。从学生时代碰上过节过生日才能一饱口福的神仙美食，到大学时期隔三岔五寝室班级的聚会圣地，再到工作后囊中羞涩聊以充饥的超值午餐，炸鸡变得越来越廉价，却也越来越教人提不起胃口。很多时候推开那扇熟悉的双开玻璃门，所需也不过是口渴了买杯冰美式，或者干脆只是救急借个厕所。柜台里那些黄澄澄的用脆皮包裹的鸡翅鸡腿，便是看也懒得多看一眼的——发胖，油腻，不健康。天下美食千千万，谁稀罕吃它啊。

可近五年来我吃过最香的一顿饭，偏偏就是炸鸡。

那是两年前平平常常的一个周五夏夜，结束表演上班的我下钟回家，冲了澡发了汗，正躺在床上享受空调的洗礼呢，合租室友胡细腿突然来敲门。“我肚子还是疼，”她说，“我想我得去下医院。”

我心里大喊一声不好——是这样的，无钱无背景无厉害爹的三无社会青年，不到性命之虞，轻易不会考虑医院这两个字。像我曾经切着菜手下打滑一刀剁到小指，指肚上的一块肉只堪堪连着一点皮，也被我咬着牙硬按回去。碘酒一倒，纱布一包，就地拉倒。缝针？破伤风？不存在的，生死有命富贵在天，血流成河就当减肥，总之钱不能花到医院去。这跟不到“双十一”打死不买卫生纸、没有打折券坚决不吃外卖一样，属于当代女性写进骨子里的消费准则。

眼下胡细腿的肚子已经疼了一整天，她用布洛芬排除了生理痛，用肠炎宁排除了肠胃炎，一堆堆药丸吃下去却一点不见好，甚至变本加厉，疼得连路都走不动了。我意识到这次是玩真的，马上掏出手机——救护车是舍不得叫的，要大钱。但一趟滴滴是省不了了，胡细腿嘴唇都白了还不忘颤抖着薅住我的手：“快车，快车就行，好孬跑起来都一样。”

要不是看样子实在撑不住了，我甚至怀疑她会试图叫个顺风车，送到哪算哪。

好不容易折腾到医院，我以为万里长征已经到了最后一步，接下来就是电视剧里风风火火推着担架床的各路医生大显神通的时候了。

然而从踏进那扇门起，现实开始排着队地给我教训。

第一课，所谓急诊，急的是患者，医院是不怎么急的。

东边窗口挂号，西边台子排号，刷卡，打单子，交钱，所有手续跟撕破脸闹离婚的夫妻似的，能不在一个地方就不在一个地方，离得越远越好。跑腿的活儿好歹有我做，室友只用做一件事：等。但即使是等待也很磨人——你都想不到大半夜的有多少人会因为各种意外把自己送进医院里。大厅里的联排座椅比春运的火车站坐得还挤，但凡腿没断意识还在的人都得自觉罚站。差不多四十分钟过去，终于叫到我们的号了，我把人护送进外科，还没五分钟又被医生给打发了出来。只留了一句话：“还是看看妇科吧。”

挂号，排号，刷卡，打单子，交钱，等。

妇科倒是挺认真，面诊完了大手一挥："做个B超去。"于是又一轮刷卡打单子交钱，一切到位以后傻眼了——B超室在二楼，而电梯它，恰好就，坏了。

骂人是不行的，隔壁老哥喝醉酒摔得满脑袋血，还不是照样乖乖爬楼梯。我们俩叹了一口气，爬呗，活人还能被爬楼难死吗？上去又是一轮排队，等，拿结果，再爬下来，短短六十三级台阶，我半搀半抱着她爬了将近半小时，等第二次推开妇科那扇门，我们的T恤已经湿透了，她是疼的，我是累的。

B超也没超出啥结论，我以为那一团混沌是我看不懂，事实证明医生也看不懂。"这好像也没啥呀？"白大褂里的年轻女孩看着比我还小，声音倒是挺温柔，那种多喝热水式的没用的温柔，"要不先挂瓶水消消炎吧。"

挂完水再回到家已经是第二天上午，我迷迷瞪瞪倒头睡了两小时，胡细腿又来敲门了。"还是疼，"她说，"花多少钱都行，我要死了，我真的要死了。"

而医院教给我的第二课是，钱，不是你单方面想花就能花的。小市民的记忆还停留在影视剧里医院动不动就要做全身检查、靠多开药来抽成的刻板印象上，而现实的医生们却是谨小慎微到多开一颗药丸都不肯——上面有规定，不能过度治疗，所以宁愿做三遍B超也不开一次MRI（磁共振成像)。片子看不清"可能是位置有问题""可能是角度有问题"。我腹诽怎么不说风水有问题呢？毕竟好端端的电梯说坏就坏到现在也没见修不是？可医生也是无辜的，我们能怎么办，还是得乖乖数台阶去。

这一数就到了下午六点，中间又挂了一次水，又转了一次外科，又被外科转回妇科，我已经把刷卡交钱那一整套流程走出了节奏感，甚至还可以编排路线，这一趟在地上跑个五角星，那一趟在地上跑个幸运草。眼看着太阳要落山了，医生们已经治无可治了，可该疼的还是疼，正在大眼瞪小眼的当口，那位“多喝热水”姑娘突然地冲了出去：

“×老师！”她叫住了一个看上去刚下班的中年大叔，“这里有个患者很奇怪，您要不要给看一眼？”

第三课：医生，真的是一个凭经验吃饭的职业。因为急诊室里的小青年们转了一天一夜也没确诊的病历，这位老师只用了两分钟。

“马上做个核磁共振，确认穿孔就手术。”

原来室友是阑尾穿孔并发多囊，B超里那一团模糊全是腹腔积液，我们在那数台阶的同时，死神就站在她的背后，越离越近。

但现在总算是有救了。我松了一口气，目送着千难万险的室友终于如愿躺上那张担架床，紧接着又被另一个医生叫住了。“病人家属在吗？要签手术同意书。”

“在东北呢，明早才能到，病人朋友可以签吗？”

一叠A4纸伸到我鼻子下面："你看完敢签就行。"

我一句一句细读着，松掉的那口气一点一点又全给倒吸了回去，还是拔凉的——一言以蔽之，就是这人的命交给你了，她打麻醉没知觉了，那切不切，切多少，抢不抢救活不活通通都取决于你的一句话。胡细腿倒是挺随便："没事的，反正你就记着保命为主，医生爱切啥让切啥，我没什么执念，对了银行卡号密码我微信发你。"而被这么随随便便就托付了身家性命的我呢，我，我饿了。

折腾到现在全凭一口"真气"吊着，这个当口我终于想起来：一天一宿了，我还没吃饭。

人不手术就会死，人不吃饭也会死，人替别人担了生死的责任，会死吗？我是个挺胆小的人，也是个挺吝啬的人，我赔不起命，也赔不起钱，可是那时候我几乎没有犹豫，提起笔就签了字。

签了字就可以吃饭了。我想，我还活着，还可以吃饭，那应该就可以去承担这样的责任，老天让我们吃饭，除了为了活下去，大概也得干点帮别人活下去的事吧。

晚上八点半，室友成功被推进了手术室，十一点被推出来，进了ICU，一切平安。

而我，我点了外卖。北京的凌晨外卖选择不多，又热又快又方便的，除了肯德基麦当劳也无他了。于是在充当了二十几个小时的西西弗斯之后，我终于被赦免下来，酸痛感像巨石碾过我的每一寸肌肉，但我终于找到一个地方坐下了——诊室走廊铺满了没有床位的病患自备的充气床垫，有个好心阿姨让出一块给了我，就像让给溺水的人一块救命的浮板。地方有了，心情有了，外卖也到了，我小心翼翼地打开纸袋，那股熟悉的肉香此刻好像特别新鲜，特别有劲，特别能给人力量。咔嚓，咔嚓，脆皮和汁水在嘴里爆开，是我，我在协和急诊大厅里吃起了炸鸡。空气冷飕飕的，外面下过暴雨，身边是濒死的人、痛呼的人、呕恶的人，而我捧着外卖大叔送来的、热气蒸腾的鸡腿，觉得生活有点无常，但好像又总有点小小的希望。

3.猪油

吃饭，对于一线城市和三线城市有着截然不同的两套释义。比如每一个北京城里的“Judy”都对减脂、增肌、高纤、低碳如数家珍，但等回到家乡，变回妈妈口中的“小宝”“坨坨”“崽”，睡棉袄一套饭碗一端，有些事情就由不得你了。

我妈的做菜秘籍，藏在一个淡黄色的搪瓷盆里。

中国家庭里似乎总埋伏着这么几样约定俗成的事物：浅粉色“四菜一汤”（中间一朵大花，周边四朵小花）的挺括床单，印着大双喜、边缘被磨得褪色的白底茶缸，还有就是这个侧面盛开着艳红牡丹的带盖搪瓷盆。奇怪的是时间走到今天，床单和茶缸基本属于勤俭持家的上一代不愿抛弃的历史残留，论起来可能比成家立业的孩子年纪都大，时刻准备着被时髦好用的新品取而代之，搪瓷盆却是苟日新日日新，但凡你起了买肥膘煎油渣的心思，那就只有买它，只能买它。好像从出道起就签订了捆绑协议，所有人家里都拿来装猪油，没有例外。

在消费主义还没有来得及席卷神州大陆之前，这个盆大概是所有人梦境里肥美的温柔乡——动物脂肪在高温下产生美拉德反应，喷香的味道伴随着簌簌作响的合奏，切块的猪膘渐渐缩水，变得酥脆金黄。接下来的样样都是好东西：油渣趁热空口嘎吱一嚼，香得头盖骨都能掀掉，冷了放一把线椒蒜叶爆炒爽口开胃；主角猪油则被慎重地倾倒进官配黄瓷盆里，盖上盖子，一晚上就凝固成美人的玉臂香腮，温润、光滑，雪一样的白。

在猪油的"神化"运动上，我妈跟美食家蔡澜有着同样的立场：想要好吃，放他一勺猪油就完了。读蔡澜的《暖食》，通篇只记得四个字，猪油炒饭。吃我妈的家常菜，亦样样离不了猪油画龙点睛——青菜用荤油色泽鲜亮，热炒用荤油鲜上加鲜，好容易盛了一碗萝卜排骨汤，尝一口丝滑甘美，忍不住啧啧赞叹，我家特级厨师黄女士立刻在旁边补上一句："好喝啊，有秘诀的，萝卜要先挖一坨猪油炒完再炖，不然哪来这么香。"

我属于"Judy"的那一半瞬间花容失色。

要知道，对一名现代都市女性来说，吃饭是科学实验、巫蛊玄学、心理博弈、正念修行，唯独与美食享乐无关。社会要我们7×24小时上满发条，无间应对麻烦甲方和磨人老板，同时又得苗条、挺拔、容光焕发。虽然没人明说，但职场潜规则就是这样，如果说条理清楚的PPT是逻辑思维的外骨骼，那管理良好的肉身就是专业精神的广告牌。赘肉代表拖延、懒散、失控，我们得对抗它，用两万四开卡的瑜伽私教课、五十六一盒的轻食沙拉、无数个夜晚馋得辗转难眠、舌头在泛滥的口水里泡得寡淡肿大来对抗它。在当代生活里，食物被异化了，女白领们既不需要它们提供热量也不需要它们提供营养，如果不是因为饥饿太难挨，我们宁愿连吃这一步都省略。虚假的饱腹感大行其道，藜麦、奇亚籽、车前子壳，魔芋、苦荞、糖醇全麦，每一个健康轻食的淘宝链接下都是无数好评：“吃起来就像真的米、面、蛋糕……”为什么不直接吃真的米、面、蛋糕呢？因为里面藏着的全是魔鬼的名字：

糖、碳水、动物脂肪。

而现在我的面前是：糖醋排骨、糯米饭、猪油炒一切。

往常一年三百六十五天，我只有过年的寥寥几天会回老家，舟车劳顿两千公里，只为给邻里邻居证明一下黄家的女儿一把年纪了还活着，老样子，勿念。见着我，妈妈自然是欢喜的，可惜宝贝女儿年纪一大把个子也老高，再不适合抱怀里抚逗，给钱么我妈又没有，一腔宠溺无处发泄，于是全部倾泻到一日三餐的“精耕细作”上。鸡鸭鱼肉是必然要有的，除此之外，活剖的鳝鱼现杀的鳖，手揉的猪肚咕咕叫的鸽也是能上则上，不好上创造条件也要上。我有几次起得早没事干，陪着我妈去买菜，隆冬腊月骑个电瓶车，风扑到脸上跟兜头挨了个耳光似的，门口不远就是超市，可我妈偏要舍近求远，顶风冒雨地去菜市场。

“那里的菜有菜味，”我妈说，“超市里的大棚菜饲料肉，跟吃塑料一样的。”

确实，菜市场里的菜都是近郊农户一根扁担挑来的后院菜，泥土块都没洗净，一方面便于凸显那脆生生的鲜绿，一方面也有光明正大增点重搭点秤的狡黠。肉是整头猪剖的，赶上去得早的时候，腔子里的热气还没散尽，切下一块来，隔着袋子都能摸到温乎劲儿。张爱玲说她最喜欢去牛肉庄，“他们的茄子特别大，他们的洋葱特别香，他们的猪特别地该杀”，齐齐整整露出大红里子的猪，看了绝无丝毫不愉快的感觉，一切都是再应当也没有，再合法、再合适也没有。我摸着那温温软软、红白相间的猪肉，同样也觉得可亲可爱，一切都是再合适也没有。

拒绝这样可亲可爱的食物是浪费的、残忍的、不道德的，于是“Judy”的底线一退再退，从“只吃一顿应该没事”，到一个礼拜三餐如此也勉勉强强。紧接着赶上疫情裁员潮，工作丢了，门也出不了了，忽然不忙着回北京了。还要再住半个月？又半个月？还要一个月？啊，吃都吃了，也不差这一口了吧……

结果在家一季，“月半”（胖）十斤。

要说不焦虑是假的。人就是这样，在资本家手里卖身久了，枷锁也成了安全网。一朝掉了链子，尤其还是在不甚年轻的三十岁中段，虽然经济上暂时无虞，也难免会有被时代浪潮抛弃的恐慌。无会可开，无文可写，无门可出，枕戈以待的自律与严格执行的控热（控制热量）食谱一样失去了意义。我妈知道了这事，没说什么，只是照旧在我面前放下碗筷：“想那么多干什么？正好趁机歇歇，家里永远有你一口饭吃。”

热的饭、热的菜、热的油脂润滑了苦涩的心情，输送进嗷嗷待哺的胃里，护送着我跨过了那段料峭的初春。过肥当然是不好的，但饶是这样大吃，我的体重也还是在安全范围内。什么“硬币锁骨”“A4腰”自然是不见了，可是久违的，面颊红润了，头发掉得少了，睡得更香了，醒着的时候也更踏实了。科学研究说脂肪是人类安全感的来源，我深以为是。这一盆香喷喷沉甸甸的猪油市井廉价、朴实无华、落后于时代，却是跌倒时的缓冲垫、寒流中的庇护毯，像家一样，像厨房里正在颠着勺的妈一样。

作家与家务

zuo jia yu jia wu

{ }

迈向中年的过程，就是不断被家务侵蚀的过程。

小时候自然是没有家务概念的，虽然扎扎实实地给我妈当过两年童工，但那毕竟是做生意。实际上，再穷的小老百姓回到家里也不会真的苦了孩子，什么买菜、烧饭、洗碗、搓衣服，通通概括成一句拖长音的“妈——”。甩着手来吃，吃完甩着手又走了，只要好好学习，其他都不是需要我操心的事。

那阵子书读多了，难免生出些不必要的狂妄，肉食者尚且鄙呢，做家务的人能有什么出息？记得初中上口语课，老师提问：“你长大了想做什么？”大家搜肠刮肚地盘算着“科学家”“当官”“董事长”的英文该怎么讲，偏有一个小男孩站起来说他想当“housewife”。当时一群“熊孩子”笑得天花板都快掀掉了。家庭主妇，还是个男的，在当年其荒诞程度不亚于说自己不想做人了，打算重组基因去非洲做大象。我记得那个圆墩墩的小男生脸上的懊悔和委屈，现在想想，他大概只是真的热爱做家务，一个天生的生活家罢了。

难怪国外将家庭主妇看成一项职业，真下手做了才知道，这根本不是什么简单的机械劳动，而是融合了统筹学、经济学、时间管理学的巨大科学体系，还需要“劳其筋骨，空乏其身”，翻译为人话就是又费体力又费脑。我从二十一岁起开始独居，逐步体验到什么叫“一双筷子都要自己买、酱油瓶倒了不扶就一直脏着”的对自己全资全责的生活。刚开始工作也忙，下了班还要额外做功课，上至传真机的使用方法下至百十来个同事的姓名长相全得迅速消化，自然顾不上家务的事。我在出租屋里住了小半个月，才突然惊觉地板是真的会粘脚，桌上的积灰真的能写字，垃圾不倒真的会臭，还有细小的虫蠖生生不息。这才承认家是一架多么复杂又难打理的永动机，难为我妈能推动它安全生产二十年。

如果说打扫卫生只算家务的初级模式，那再往上肯定就是做饭了。烹饪讲究营养均衡，控制成本，同时口味还得推陈出新，宜己宜人。一个人做饭最烦，米煮多了浪费，煮少了糊锅，出去买菜大多要定量打捆，一顿是断断吃不完的，多吃几顿又嫌重复，腻歪得慌。曾经有一次乡愁发作，抓心挠肝地想喝湖藕炖大骨，超市里的猪骨按根卖，棒槌似的好几斤，湖藕也是全须全尾，泥都没洗。不管不顾地弄回家，翻出房东最大的高压锅硬是给烧熟了，第一顿四样俱美，鲜掉眉毛，第二顿泡上冷饭，滋味尚可，第三顿第四顿第五顿就每况愈下，等到一个礼拜之后冰箱里还剩一碗，已经厌烦到多看一眼都恶心，恨不得连碗一起丢掉。

后来有了对象一起吃，做饭终于可以多点花样，但新的问题又来了：烧菜无非是个排列组合，有主就有配，一锅炖肉里猪五花绝不可能跟蒜放得一样多。于是乎配菜每次都剩，几片洋葱，半个番茄，炒一碗嫌少下进面里又嫌多的一小把菜叶子，若下一顿能“剩剩联手”恰好消灭当然爽快，但大多数时候还是硬凑。比如对象就曾经很真诚地发问说“红烧茄子真的能放南瓜吗”，当然最终解释权始终握在辛苦做饭的人手里，站在道德低地的他也就问问，并不敢真的摔碗起义。

若是可做可不做也就罢了，偏偏家务还贯穿此生，随着结婚、生子、养老，它的门类越增越多，事务越来越杂，且除了一点微小的成就感外毫无回报。最让人不能接受的是，就这么点成就感还在日复一日地归零。干净的总会脏，新鲜的总会旧，像是西西弗斯不停地推一块巨石上山，又不停地看着它骨碌碌地滚下来。是啦，赶上天清云淡的好日子，下狠手抹除浮灰，洗刷床单，勉力洒扫，最好再料理一二小菜，几个小时挥汗之后笃悠悠地坐下歇口气，配上清茶醇酒，窗明几净，淡淡幽香，是会涌上那么一点“做家务真好呢”的感叹。但一年三百六十五天，八千七百六十个小时，快乐最多只占一个指甲盖那么大，还是小指的，不是拇指的。剩下的时间，只是无休无止地推石头而已。

家务在我这儿的转型是成为一名职业写作者之后。

拿了诺贝尔文学奖的石黑一雄说，他能得奖主要归功于不做家务。艾丽丝·门罗为了能稳定写作，二十一岁就嫁作人妇的她，被繁重的抚养工作挤得只能在午睡的间隙写点东西，想必对家务也是恨比爱多。要不说我怎么拿不了诺贝尔奖呢，水平天赋且不论，光心气儿就差人家三万英尺。说是逃避也好，拖延也罢，总之当有更痛苦、更庞大、更无止境和难有回报的写作任务摊在眼前时，家务就突然变得非做不可，让人迫不及待了，没有污渍创造污渍也要上。

思路受阻，家务是我的避风港；笔下卡壳，家务是我的安乐窝。如果说洗澡的时候常常灵感迸发，创意不断，可以当十分钟的“花洒思辨家”，那做家务就是最好的思维导图，方便把脑子里乱哄哄的文字、声音、图像一股脑地倒出来，经过滤水壶过滤渣滓，洗碗机冲去冗余，洗衣机混合脱水，最后干净、清晰、有条理地晾晒到文档中去。备菜时尤其适合构思悬疑小说，人家写杀人如砍瓜切菜，手持利刃的我大概在西葫芦和红辣椒的眼里也是一脸狞笑的嗜血狂徒，在这个迷你屠宰场中尽情地拧断菜根、碎尸大蒜。泛着血水的生肉尤其富有情境，皮、肉、脂肪、骨，筋、膜、淋巴、爪，薄刃的片刀适合分解，厚实的砍刀适合斩骨，滑腻冷腥的肉块摸着总是不舒服的，马上就可以跳到反面联想——那享受这种感觉的人得是多么的变态啊！兑上消毒液擦地板可以代入杀手们清理现场，搓洗内衣倒上专用洗涤剂也能联想到这东西可以消除鲁米诺反应，想象着这些，再枯燥的劳作也像出演电影，趣味十足。如果不是因为做家务，断断获取不了这么三百六十度全方位沉浸式的身心体验。

当然，一无所获的时候也不是没有，但就算真的写不出来，至少今天地板擦了，被罩晒了，菠萝泡进了盐水里，灶上还咕嘟着一煲汤。写作者很容易陷入虚无，家务让这一天没有白过，虽然就指甲盖那么大的成就感，但人啊有时候所求真的很少，能吮一吮手指头也是一种难得的快活。

ACT V

当我们谈论对象时我们在谈论什么

dang wo men tan lun dui xiang shi wo men zai tan lun shen me

{ }

首先，对象不等于爱情。

其次，对象也不等于男（女）朋友。

对象，是结婚对象的简称，“情侣以上，未婚夫（妻）未满”，往前一步是法定，后退一步……嗯，除非极小概率发生了不可调和的矛盾，否则似乎并没有往后退的这一步。

对象是老公（老婆）的预备，是接下来几十年一起待在同一个“战壕”里的人，需要彼此信任，互舔伤口，强打精神迎接一次又一次人生浪涛的冲刷。所以找对象更像是找战友而非挑爱人。对于我来说，找男朋友不需要跟家里打招呼，但对象却是一定要报备的，毕竟谈恋爱可以天马行空不着边际，但确定对象，却有非常严苛的考核标准。

有时候与我妈交流，会惊讶于他们这一代择偶观的混乱：既是最浪漫的，又是最市侩的。说浪漫是因为他们刚结婚那会子正赶上欣欣向荣的二十世纪八十年代初，大家精神粗放，物质平均，男女平等，各行各业普通人的收入水平都差不多，房子靠分交通靠走，不用品尝动辄几十年借贷背债之苦。没有物质的拉扯，婚姻就简单得无限接近于其本质：找一个你看得上的人，共同生活。像我妈这种工分拿到全厂最高的女工楷模，自然骄傲地觉得自己应该优中选优，能力比自己强的是没有了，不然就选个最漂亮的吧——于是就找了厂花我爸。

我的这位生父就当爹来说确实很不着调，什么不给抚养费、常年失联、都读到大二了还以为我要中考等等破事罄竹难书。但现在回想起来，我对他的同情也渐渐大过了厌恶。他不是坏人，大概只是生不逢时，晚到二十年，也许还能成为千万个可爱“网红”小哥哥中的一个。我记得他年轻时有着南方少见的深目高鼻，墨一样的自来卷头发，衬着冷白皮，精致，多情，能歌善舞。他会用易拉罐糊灯笼，会用挂历纸折风车，拿着一百三的工资给我买九十八块的蓬蓬裙，就图个漂亮。一言以蔽之，他除了不会工作，其他样样在行。据说他即使去工厂做工也要把皮鞋擦得锃亮，三件套西服穿得板正，没有熨斗就把西服裤子折好压在枕头下面，第二天能穿出笔直的裤缝来。因为这样的“登场”过于隆重，他走进车间的时候，同事们都开玩笑叫他“厂长”。

我妈自认为不算美女，于是反其道而行之，把自己代入了“豪杰”的角色，一腔孤勇靠实力打江山，对于美男也循例一再“折腰”，宽容得很。老公懒、馋、不务正业，在工厂里与一干中年妇女打情骂俏，在舞厅里转出一曲曲“慢三”。而她下了班跑去批发、叫卖棉背心，回到家喉咙都哑了，还要掏出用外快买的一整条白沙烟，只为博美男一笑。

可惜之后的时代就像按了快进键，哗啦一声冲进了消费主义的汪洋中，人人都想掌握财富。与商品房、名牌时装、桑塔纳和它们背后代表的幸福感相比，美貌成了最无用的东西。我爸的案例在我的成长过程中被我妈拿来反复播放，她力证婚姻容不得一丝一毫的浪漫化和享乐，否则就会像她一样，“白瞎”了十年青春胼手胝足，换一个变心出轨的惨淡收场。教诲如下：找对象，一定要找有实力的，千万不要看脸，多好的皮相都是绣花枕头！

这里说的“实力”包括工作稳定（最好是端铁饭碗），学历过人（多读书脑子应该不太差），有上进心（想当官、想发财），孝顺听话（对家人好的人品应该也还成），勤快务实（爱工作、不爱赌博）。如果不知道是选对象，晃眼一看还以为是在选十大杰出青年。拉清单、做表格，种种精打细算，就是绝口不提两情相悦、琴瑟和鸣。按这样的标准选出一个老公，市侩是市侩的，无奈也是无奈的，看似无情，掰开了揉碎了字里行间无非是“避险”二字，一本小市民在婚姻中“神农尝百草”后总结出来的防毒谱册。中国是一个依赖经验传承的文化体系，中医如此，找对象也是如此。为什么这味药要蒸而不是炒？为什么百万年薪不如体制内当个清闲小官？不用知其所以然，但不按方子来就是不行，差之毫厘谬以千里。

上一代的找对象处方里还包括封建迷信。按我妈的说法，男的不能大女的三岁、六岁、九岁，“容易招灾，出怨偶”；属相也有限制，蛇是好的，羊是不好的，因为“羊入虎口”。老家出身也有讲究，本地的不能往下找，长沙市出了二环都叫下嫁；外地的不要东北，因为太远又太冷，也不喜河南福建，这就纯属妈妈辈的地域歧视了。个子太高叫“傻大个”，仿佛用来发育的营养是有定数的，拿去长了身高就不长脑；耳朵太小也不行，福薄；鼻头要有肉，手也要有肉，脚却需要小一些，因为“人大脚细，一身福气”……

我说，妈，现在光是适龄、未婚、男，这三条，已经卡死我身边百分之九十九的熟人了，能不能稍微放宽一点标准，照您这么挑出来的人才登月都够使了，就跟我结个婚，多屈才哇。

我妈：“那行啊，只要是适龄、未婚、男，我都同意，你倒是结一个我看看？”

哎呀，抱歉啊妈妈，我适婚的这个年龄，偏偏是最不适合结婚的一个时代。

新婚姻法、二胎催生、冠姓权、婚前财产、离婚冷静期……舆论的风口浪尖里，结婚变成了一桩生意，还是对女人来说怎么看怎么亏本的生意。宽进严出就不说了，财产无保障、付出无收益，极端点的生命安全都要打个折扣。退一万步考虑，生一个孩子DNA端粒缩短4.2%，折算成时间相当于就地衰老十一年，算上夜奶、哄睡、陪玩、陪课、辅导作业，时间大概还要翻倍。这怎么对得起辛苦保养的颜值体态？有这工夫拿去挣钱玩耍不香吗？更不要提都市男女之间教育水平、工作能力、平均收入越来越拉不开差距，谁也不用依靠谁。现如今，面对催婚，是个人都会问一句：结婚，图什么呢？

劝人结婚，天打雷劈。对象变成了对手，时时提防，处处算计。男人和女人们都在叫喊着彼此物化，互相嫌弃。母亲们心目中以家庭为单位的迷你乌托邦正在飞速解体。以往家里有个健壮男丁，再不济还可以指望他干些非他不可的体力活，打藕煤、扛煤气罐、上桶装水，又或者看家护院，图个安全。可现在这一切都被商业和科技联手解决了，对象失去了最后的硬性存在理由。世界的发展是螺旋形上升的，兜兜转转一大圈，到我面前，找对象的目的又回到了原点：

找一个你看得上的人，共同生活。

不图房子，不图钱，相互尊重彼此欣赏，听起来好像很容易，但其实越笼统的标准反而越难。万幸终于找着个差不多的，又要再接受一轮针对你食言而肥的嘲讽：哟，当初说不结婚不是叫得比谁都凶吗，这会子怎么又有对象真香啦？你看，果然还是结婚好吧。

不，不是的，不是结婚好，是对象好。对象是个例，结婚的风险却是普遍的。世界的崩坏不影响他的好，他的好也不足以抵消世界的崩坏。我选择了对象，不代表我承认婚姻的好处，只能说现有制度下除非走到婚姻这一步，否则不足以缔结我俩一致对外长期抗战的盟约。我不敢说这个对象就是最好的、最后的、最合适的，但他是我最愿意去容忍、去接纳、去共同生活的。虽然不信教，我倒是非常欣赏《圣经》里那段关于爱的注解——爱是恒久忍耐，爱是永不止息。下次当我们谈论对象的时候，也许可以把这一句放在考核标准的第一条。

ACT V

叶公好农

ye gong hao nong

{ }

东亚人好像谁也逃不开骨子里的田园情结，越是身在围城之中，越是容易惦记萝卜白菜。不然四川深山里春种秋收的李子柒怎么会大受欢迎，一无情节二无高潮，连台词都极少的《小森林》怎么能一拍再拍？都市人们离了格子间脱下套装陷进沙发，不是玩动森钓鱼养花捡树枝乐不思蜀，就是对着视频沉迷华农兄弟，连功成名就、要啥有啥的明星都去常驻《向往的生活》，向往什么呢？无非是那老三样：隐居，归农，种田。

荒诞的是，早个二十年，大人都会吓唬我们说“不好好读书以后就只能去乡下挑大粪”。现如今风水轮流转，手头若没个小百万的富余，人都不敢说自己打算辞掉工作去当农民。首先，城市户口名下没地，要租个地也可以，但现实中的农户毕竟没有视频节目里的精修滤镜，没有那么美好。水电煤网样样要补齐，软装硬装也少不得花心思，好容易弄好了，又得防虫防兽防泥巴。其次,土地也并不是许许愿就能长出花团锦簇的瓜果庄稼的，人力物力投入不小，产出却不一定好，旱的旱死、涝的涝死，比集团年度KPI还不可控，自己再怎么上心，最后还得看天吃饭。

不过就算利弊在自己心里一清二楚，看了顾湘写的《赵桥村》，还是对她在崇明岛对面村庄里的大屋子羡慕得口水滴答。虽然墙面渗水、时常断电且蚰蜒横行，但毕竟那儿有几只猫几只狗，有盛大典雅的广玉兰，天气好还可以看见又大又亮的金星——鬼知道我上次看到星星是什么时候。北京除了偶有Windows桌面一般虚假的蓝天白云外，一切自然风光都极度缺乏。只记得有一次夏夜里落了冰雹，我和闺蜜兴冲冲地打了手电冲下楼去找，寻摸了半天总算看到一颗，蹲下去瞧瞧，哦，原来是半头蒜。

田园梦成了空中楼阁，那么退而求其次，在城市里努努力也是可以种一点什么来作为弥补的。北京这个钢筋水泥丛林当然是没有荒地给我开，五环以内看见点露在外面的土都很难，但花花草草我还是养过不少——薄荷、多肉、豆瓣绿、如意皇后、小盆小盆的茉莉和碰碰香。初端回来的时候都是鲜嫩欲滴可可爱爱的模样，可惜撑不到一个礼拜就无可奈何花落去，叶也落去，空留锈铁丝一般的干树杈子了。我妈说我们家三代往前也算泥腿子出身，可这古老的职业技能一点也没遗传到我这个不肖子孙身上。为什么呢？明明水也浇了，肥也施了，日日殷勤照看，连太阳都是隔两小时转着圈地晒，多了怕热着少了怕不够，可它，它们，就是不肯好好地活。

我对象是个严谨敦实的“理工男”，上马桶都要先看使用说明书的那种。面对惨死在我手中的植物，他推推眼镜，分析说一定是养殖方法不科学，不够人性化。你们文化人只会从字面上理解浇水施肥，但植物肯定有不同脾性的，人尚有爱吃辣的爱吃肉的，你喂得不对，天天白水煮萝卜青菜，健康是健康了，但那怎么吃得下去嘛！他的提议有夹带私货的嫌疑，毕竟为了减肥我确实给他喂了挺多萝卜白菜。但死都死了，不妨再来试一次，本盆栽杀手的魔掌里不怕再多几颗充满叶绿素的冤魂。

于是又学习，分门别类地了解什么叫浸盆、什么叫缓苗，匍匐了为什么、黄化了怎么办，哪种植物喜阴哪种植物耐旱，生根粉要买，营养液要买，发酵羊粪有机肥，苔藓碳土花多多，囤货囤得比“双十一”买美妆还热烈。小笔记抄满了一个本子，做梦都是腐熟堆肥好纯天然无污染，没动力了就去翻翻别人的养花反馈：“泡在水里没管居然蹿了这么多叶子，每天剪都剪不完，哭了。”“我这算爆盆了吗？满满的花球好漂亮啊，果然名不虚传，再笨的人也能养好。”我看着手边的一溜新晋被害植，恨恨地心想这就跟高中学霸背地里做题到深夜人前却谎称打游戏一样，他们一定也没少下功夫。什么笨人也能养得好，不可能的。

一个礼拜后，盆栽五代，卒。

一般来说，造孽到这份上普通人就选择退缩了，而我确实也是个普通人，于是花具一扔肥料一甩，重新陷进沙发里捧着游戏机抽“电子鸦片”。对象倒是闲不住，把之前那些枯得只剩土坷垃的花盆归拢到一处，打散了细细过筛，再混上养料一起填到买水产送的泡沫箱子里去。“废物利用。”他说，“高端漂亮的植物你是没命养了，这次天生天养，种出啥算啥吧。”

花钱自然是不能再花钱了，于是发了芽的蒜头、吃不了的葱、青了的土豆块和怕浪费的白菜梗通通被他埋下去。转眼进四月天气有点暖了，湿度也节节攀升。都说春雨贵如油，生发万物，可泡沫箱子在全封闭的阳台上淋不到雨水，只能隔着窗纱沁到点雨的气息。我懒得上心，就找了把洗空调的大喷壶，照着外面蓬勃的雨量给它们毫不留情地灌下去——横竖是废物利用嘛，不心疼。没施肥，阳啊阴的也没管，可越是这么着不当回事，那两箱土里的小东西偏偏一个接一个，扑棱扑棱地冒芽了。

有人说每个种族都有自己的“基因天赋”，鱼生下来会游泳，牛马落地能蹦跶，黑人天生运动好手，少数民族个个能歌善舞，而我们汉人呢，无他，唯种菜尔。以前我不信，如今每天一打眼看到阳台上蹿得老高的菜叶子，不信也得信。到头来只能承认，莳花弄草是士大夫的雅兴，松土捉虫才是小农后人的天命。祖辈泥腿子的基因半点不会浪费，只是你得种菜，菜才是魔法得以施展的灵魂。

半个月过去，肥硕、青翠、挺拔、茂盛，挤挤挨挨热热闹闹的新生命第一次挤爆了这小小的箱子，我也第一次体会到了种植的乐趣。在那一刻，祖传千年的老农民之魂附体归位，我咂摸着丰收的喜悦，美滋滋抽了一袋想象中的旱烟。这快乐是如此微小、纯粹，又神秘地充满治愈力。

当然，人的欲望永无止境，满阳台绿油油肥墩墩的菜叶子欣赏到第五天，两个百分之百的龙的传人已经按捺不住，发出了千百年来我族类看到可爱生灵的终极呐喊：“能吃吗？好吃吗？怎么吃比较好呢？”纯天然三个字诱发的想象力是无穷的：醇，甜，水，嫩，香，大自然的馈赠，返璞归真的原味。我们要给予它最崇高的礼遇，如大观园招待刘姥姥的茄鲞或者国宴上的开水白菜那样，“倒要十只鸡来配它”，要不就致以最纯粹的欣赏，像怀石料理里的八寸那样，仅佐以最简单（但不便宜）的酱油或粗盐。不过我们守着个一室一厅的小厨房，冰箱尚没有地方摆呢，自然讲究不到这种程度，但还是小心翼翼、一棵一棵地用花剪把它们收下来，就着清水一片一片地洗干净，连虫眼和黑边都舍不得扔掉，反而觉得更添滋味了，就如同美人不够规整的酒窝或虎牙。

终于，饭熟了，上桌了，我和对象彼此对视一眼，屏着期待的呼吸一齐伸了筷子——噫，怎么说呢，说不上好吃，也说不上难吃，普通得就像我们这些每天庸庸碌碌上班打卡的普通人一样。抱着期待或者不抱期待，得到的结果都是不好不坏，种菜如此，世间事大抵也是如此吧。

ACT V

女人三十

nv ren san shi

{ }

没有人会永远年轻，但作为一个女人，尤其是在东亚文化氛围下成长起来的女人，不可能不恐惧三十岁的降临。

这里风行的标准是白、瘦、幼，小奶猫一般楚楚可怜，孩童一样不谙世事。少女被捧在神坛上，一登场就是最圆满的样子，接下来的每一天无非是月满则亏，一点一点地干瘪、流失、“掉价”。没有经历过中年生活的女孩一只脚站在三十岁的边缘，身后是镀着金边的青春往事，热闹鲜妍；眼前却是灰扑扑、雾茫茫，连下一步踩着的是跑道还是悬崖都未可知。

女人的一生无非那么几个参照，亦舒太浮华，爱玲太遥远，若以我们身边的家人作为标尺呢，那么大概率是变成个黄脸婆。胸部下垂，市侩嘴碎，每天忙着上斗婆婆下打孩子，中间盯着老公打小三，然后围绕着菜市场和超市特价区永无止境地“旋转跳跃闭着眼”。参照电视剧也没好到哪里去，无非是换成了尖酸跋扈性别模糊的铁娘子，挤在阴暗的格子间里倒腾人情政治的一亩三分地，要上不上要下不下，比天天被安排奇葩相亲更悲催的是连奇葩都不想跟你相亲。

这样的三十岁，是不是连想象一下都觉得窒息。

而今天我已经迈向三十五岁了，我想现在是个好时机，站在三十到四十的中段，公平地谈一谈三十多岁的生活体验。

初入三十的头两年，其实是没感觉的，就像过了保质期一天的罐头，新鲜如昨，自己察觉不到什么质的改变。三十跟二十九有什么区别吗？还不是马照跑，舞照跳，金城武老了吴磊接班，吾生也有涯，而帅哥无涯。没有结婚生小孩也没关系，一样有人追，一样谈恋爱。见了世界，有了审美，护肤买衫，甚至变得比二十岁更笔挺有型。即使卡在三十岁的当口选择换个工作重新开始，跳入完全陌生的岗位，到今天一样活着，一样靠本事吃饭。

在我看来，“三十”是一个人为的坎，一次虚假的倒计时，“三十而立”，怎么立？以社会通用标准看，自然是事业有成、家庭美满、有房有车、预备二胎。然而普通人二十二岁大学毕业，到三十不过只有短短八年，在这区区两千九百多天里，难道就得把一辈子该干的事都提前浓缩、一口饮尽，否则余生就要品尝无尽的失败滋味吗？

就我三十之后的处境看来，这百分百是个假命题。比起这些，一份可以持续发展的工作、一些无伤大雅的癖好和随时能被一点小确幸鼓励的乐观更为重要，它们更能包裹我，让我在人到中年的冷硬现实里软性着陆。

有人说年轻，最宝贵的就是一个“轻”字，三十有二，我开始对这句话心有戚戚焉。记得有一年看颁奖礼，萧芳芳在致辞的时候说“女人一到四十，什么都往下掉”，一方面是调侃地心引力对肉身不可逆的拉扯，另一方面大概也是在感慨灵魂的日益沉重。三十二岁往后我能全面感受到衰退的开始：咖啡因耐受度一退再退，超过下午五点连可乐都不敢多喝，怕心悸；火锅烧烤干下来一定跑不了肠胃炎发作，附送长痘起风疹过敏大礼包；电子幕闪得眼球干涩，从微信里抬起头看哪都是一片模糊；除此之外还有腰痛、背痛、颈椎痛，每一样都让人坐卧不宁。睡早了失眠，睡晚了脱发，不早不晚的时候又嫌空气太干，被窝太潮。

人的宽容度变得很窄，不对劲的床、不对盘的人或者仅仅是不对胃口的菜都能引发一场精神上的迷你地震。有时候我觉得自己像贴身穿了毛扎扎又小两号的紧身劣质毛衣，难受，却又不得不与难受共存。

小的时候搞不懂老妈为何那么喜欢去中医按摩，不但按，还要刮痧、针灸、拔罐，一整套下来血刺呼啦，跟受了清朝十大酷刑似的，却还要一脸满足地叹一口气："舒服了。"我在旁边试了试只觉得既痒且疼，倒贴我钱都不干。

等自己到了岁数，俯身在同一款按摩床上，才明白这种主动受虐是多么必要——只有魔鬼才能打倒魔鬼，也只有另一种疼痛能战胜现在的疼痛。动辄七八个小时的会议，甲方一万个要求与意见，一线房价节节高企，爸妈养老步步紧逼，没有点千斤顶的精神真的顶不下来。有人说年轻是一种特权，我倒觉得更接近的是一种赦免，毕竟二字头的岁月裹着一层Q弹的胶原蛋白，跌倒了好像疼痛感也稍微少些。

一样的熬夜，二十岁是一天凭空多了八小时嗨天嗨地，三十岁往后就是削骨脱皮，一个礼拜早睡早起都补不回来。一样的错误，譬如爱错了人或是做错了活儿，岁数小一点的时候就是经历、是回忆，过了三十再犯，却难免要被人议论是脑子不太行。

又过一年，进到三十三岁，仿佛磨合期已过，肉身强烈的不适感终于减少了，加上收入渐渐稳定，人也跟着放松闲适下来。然而闲则别念窃生，温饱无忧了，立刻又人为地给自己添上些甜蜜的烦恼——宠物啦，伴侣啦，孩子啦，横竖都是一样的，没有的时候尽想得美，什么温暖陪伴情绪价值，等到手了才发现比起要付出的代价，这些小甜头什么都不是。

女人似乎总是败给心软和责任感，动不动化身为核心发动机，推动着身边万事万物运转，但好像从来没有谁会想起来，发动机也会磨损、消耗、没电的。三十多岁的女人唯一的灵魂伴侣是另一个三十多岁的女人，我们有时候会短暂地从生活里逃出来，喝酒，瘫在圈椅里互相交流最近的奇葩境遇：我妈至今没存好我的嫁妆，打电话叫我先不忙着结婚；她妈非要掏空家底装修房子，虽然根本住不上两个月，“但是地暖是一定要装的”。

夹在其中的还有鸡飞狗跳的买房、户口、狗证、学籍、疫苗、幼升小、满五唯一……“比惨大赛”重在参与，每一个中年独立女性都是冠军。对象当然不坏，都是好人，可好人下了班吃了饭也有不想刷碗的时候，更何况是较之复杂一万倍也艰难一万倍的，在北京城坚硬的水泥地里协力扎根生存。钱不够多，房子不够住，谁也指望不上谁，有时候我们也会抱怨，家长的回复无外乎“那又有什么办法呢，坚强点”，伴侣则多半是“我也很难啊，我昨天巴拉巴拉，我前天巴拉巴拉”，说到委屈了你还得安慰他，不好意思勾起了人家的伤心事。

然后过三十四进三十五，依然没有结婚，没有发财，爱人不是大帅哥，连养的柴犬都比别人家的小一圈，但很奇异的，不再有焦虑，也没有痛苦，仿佛马拉松跑过了极点，肺也不痛了腿也不麻了，只是前进，一步一个脚印地前进。那种感觉，好像又回到了三十出头，一切都可以是未来的选项，但并非个个都是必选项。

为什么会这样呢？回头想想，这一年有朋友离世，有闺蜜离婚，有疫情封城，并不是什么特别好的回忆，但好像又正因为世事无常，反而可以轻轻放下。那首歌怎么唱的来着：“风花雪月不肯等人，要献便献吻。”

本来嘛，我们的人生里并没有“应该”这回事，也不是所有问题都有正确答案的。

动了念头，那就去做啊，做错了失败了痛苦了，那就接受这个失败和痛苦。谁规定的人生不能失败不能痛苦，高考失败了都可以复读嘛。

虽然我现在仍然是个普通人，没有登上人生巅峰，没有变成白富美，没有一夜之间胸围跃升D罩杯。但是在过去的十年里，我没有“如果当时我如何如何就好了”的懊悔，没有“如果能够重来一次”的遗憾。每一个动过的念头我都去做了，去深圳，去北京，去辞职，去应聘，去打球，去写书，去编剧，去恋爱，去失恋。我失败过，超多次的，而且有时候一败再败，连尾巴都夹不起来，但那又怎么样，我现在不还是活得好好的。

想谈恋爱就去谈，永远没有最后一个男人，只有最爱你的那个男人。

想换工作就去换，永远没有做到退休的工作，只有最适合你的工作。

想出国就去出，想整容就去整，想吃好吃的现在就去吃，胃口大开、贪婪生猛地撕咬你余下生命中的每一天，然后你会发现三十岁这天没什么不一样，它仍然是现有生命中最好的一天。

而我们真正要做的，就是把三十岁之后的每一天，变成比今天更好的一天吧。